GRÉGOIRE ET LE VIEUX LIBRAIRE

Né au Mali en 1958, Marc Roger est lecteur public. Il organise des lectures partout en France, principalement en bibliothèque et en librairie. En 2014, il a été le coup de cœur du jury du Grand prix Livres Hebdo (présidé par Amélie Nothomb) pour son extraordinaire rôle de passeur entre les livres et le grand public. *Grégoire et le vieux libraire* est son premier roman.

MARC ROGER

Grégoire et le vieux libraire

ROMAN

ALBIN MICHEL

ISBN : 978-2-253-10718-7 – 1re publication LGF

À Corinne

« L'on ne fait des livres que pour rester lié aux hommes par-delà la mort et pour nous défendre ainsi contre l'ennemi le plus implacable de toute vie, le temps qui passe et l'oubli. »

Le Bouquiniste Mendel, 1935, Stefan ZWEIG
Traduit de l'allemand par Manfred Schenker

« Chaque enfant qu'on enseigne est un homme qu'on gagne. »

Écrit après la visite d'un bagne, 1881,
Victor HUGO

1

Avant de monter, on m'a bien expliqué. Pas de familiarité. Pas de tutoiement. Tu les vouvoies et tu leur donnes du madame ou du monsieur toujours suivi du nom de famille. Sur leur boîte de médocs, tu verras, c'est marqué. Nom, prénom, numéro de chambre, et d'autres renseignements plus cryptés pour le personnel soignant, mais ça, tu laisses tomber.

Depuis un mois que je travaille en cuisine, c'est mon premier service à la personne. 11 h 17. Chambre 28. Joël Picquier. Résidence Les Bleuets. Deuxième étage d'un bâtiment tout en longueur sur les bords du canal. La porte est close. Une inscription. Lettres cursives. En italique. *Pauca meæ*. J'ignore ce qu'elle veut dire. Je range mon chariot contre le mur et clique du pied sur les deux freins. Je frappe à la porte. Trois coups. Bien nets. Tout de suite, une voix bien qu'abîmée pleine de surprise, presque guillerette :

— Ah, déjà ? Une minute, s'il te plaît.

J'attends quelques secondes. Quatre plateaux-repas sur le chariot attendent aussi. Une légère condensation se forme sur chaque cloche transparente qui couvre les plats chauds. L'oreille aux aguets, j'écoute des bruits de papiers que l'on range à la hâte.

— Voilà ! Voilà ! Voilà ! Voilà ! Voilà ! Entre…

J'ouvre la porte. Quand il me voit, il plisse les yeux, hésite, puis certain que je ne suis pas l'auxiliaire habituel :

— Ah, un p'tit nouveau ! Béatrice serait-elle malade ?

— Non, mais j'ai cru comprendre que sa petite fille n'allait pas bien. Elle a pris sa journée. Enchanté de faire votre connaissance, monsieur Picquier. Je m'appelle Grégoire.

— Tiens, pose ça là, me dit-il en m'indiquant le coin d'une table partiellement encombrée de papiers et de livres. Ne t'étonne pas si je te tutoie, je tutoie tout le monde ici.

— Ça ne me dérange pas.

Et disant cela, plateau en mains j'entre dans sa chambre.

Une boîte. Un antre. Quatre murs, de haut en bas couverts de livres. Huit mètres carrés au sol. Entre la table, le lit, la chaise, le fauteuil, la commode, la penderie encastrée et la table de nuit, un seul couloir de déplacement, très étroit, d'une largeur de deux cannes à trépied. Dans l'entrée, derrière moi à présent, un fauteuil roulant, rangé, plié, contre le mur juste à côté d'une porte à soufflet ouvrant sur le coin douche et lavabo-WC. La fenêtre, pour moitié occultée de Post-it et de coupures de journaux illisibles d'où je suis, laisse passer au compte-gouttes la lumière du jardin en bordure de canal. Le début d'un cercueil pour ce vieil homme, là, debout devant moi, comme cousu sur mesure à l'espace. Un châtelain au milieu de son domaine, habillé impeccable. Ni suffisance ni fatuité, « tout simplement de la dignité à l'égard de soi-même », dit-il à ceux qui s'en étonnent. Il porte aux pieds des chaussettes fines de coton couleur sombre et des mocassins de cuir noir. Il préfère les chaussures à lacets, seulement ses mains ne peuvent plus.

Les collègues m'avaient prévenu mais ma stupeur n'en est pas moindre. Ébahi, je le suis. C'est propre, en ordre, rien à dire, pourtant j'étouffe. L'odeur de détergent, de vieux papier, le chauffage, je ne sais pas. J'étouffe. Le vieil homme s'en amuse.

— C'est surprenant, n'est-ce pas ? Prends ton temps, regarde tout à ton aise, et s'approchant de son plateau, juste en soulevant la cloche isothermique, il jette un œil sur son plat chaud. Alors, qu'est-ce qu'il nous a mijoté le Grand Chef ? ironise-t-il en découvrant ses deux tranches de gigot à moitié recouvertes de purée.

Le fumet qui s'échappe de l'assiette me rappelle les trois autres plateaux qui attendent dans le couloir.

— Bon appétit, monsieur Picquier, dès que j'ai fini, je reviens vous voir.

— Méfie-toi des vieilles poules ! Elles ont peur du renard mais elles aiment les rouquins. Ton p'tit minois devrait leur plaire.

J'éclate de rire sans conviction.

— L'humour du vieux, faudra t'y faire !

L'humour du vieux, je m'y suis fait.

Si l'on se doit côté public d'appeler chacun par son nom de famille, entre nous les moqueries vont bon train. Fleurissent ainsi bon nombre de sobriquets, la plupart peu flatteurs, mais parfois d'une tendresse délicate et non dénuée de poésie pour souligner telle qualité ou tel défaut de l'un ou l'autre.

M. Picquier, tout le monde l'appelle le Vieux Libraire, avec cette déférence étrange rendue aux gens dont on soupçonne la valeur sans en savoir davantage sur l'origine de cette dernière, comme une légende qu'on se transmet de vacataire à vacataire. M. Picquier, le Vieux Libraire.

Il y a sept ans, il vendait tout. La librairie *L'Ittéraire Bis* devenait un *Quickburger.* Personnellement, je n'en ai aucun souvenir.

2

Je viens de fêter mes dix-huit ans. Collège-lycée-monde du travail direct. J'ai dévissé. C'est simple, selon les chiffres, ils donnent le bac à quatre-vingts pour cent des candidats. Moi, en douceur, j'ai basculé côté des vingt pour cent. Même pas certain que leurs statistiques puissent me compter : les professeurs n'y ont rien vu. Quelle que soit la matière, Grégoire Gélin ? Présent-absent ! Le parfait passe-muraille.

Dès mes premiers entretiens d'orientation, en quatrième, j'ai paniqué. Tous ces métiers, avec requis pour chacun des bacs plus… et je ne sais quoi, n'étaient pour moi qu'une longue série de portes qu'on me claquait au nez. J'en parlai à ma mère :

— Le conseiller n'écoute rien ! Je lui ai dit que j'aimais les arbres. Il m'a parlé d'Eaux et Forêts – bac série S. Je ne comprends rien aux maths. Qu'est-ce que je peux faire ?

Ma mère, très pragmatique :

— Tu travailleras comme je l'ai fait à ton âge !

La mairie manquait de bras, j'ai échoué au service Espaces verts. Sincèrement, j'aurais pu m'y plaire, le plein air c'est mon truc, mais mon travail consistait à tondre du gazon et à souffler des feuilles mortes à longueur de journée, et une fois terminé, je ramassais les crottes de chien à la pelle et les tessons de bouteilles cassées les lendemains de match. Très rapidement, j'en ai eu marre. Ma mère connaissant M. Théron, l'élu adjoint aux affaires sociales de la ville, a fait jouer les pistons. Direction Les Bleuets. Du côté officiel, sur ma paie c'est marqué ASH – agent de service hospitalier. Trente-cinq heures par semaine. Mme Masson, la directrice, a décidé de mon salaire elle-même. Un petit peu moins que le SMIC pour marquer mon statut de débutant. De toute façon, je n'ai pas le choix. Ma mère m'a dit :

— Enfin, je vais souffler !

Avec ma paie, je participe. Tout ça, c'est côté officiel. Côté boulot, moi j'appelle ça ASTTF – apprenti sans technique à tout faire. Le Vieux Libraire, lui, appelle ça « factotum ». Finalement, je le trouve drôle.

J'ai mis ma charlotte en cuisine un 1er février. Y'avait un trou, j'y suis allé. Dehors, faisait frisquet. Trois-quatre degrés, pas plus. À l'intérieur, l'étuve, vingt-sept, voire trente avant midi, quand Jean-Mi, le chef cuistot, a mis la touche finale au plat du jour. Depuis un mois que j'y travaille, j'ai bien compris que les cuisines, c'est vraiment tout sauf une planque.

Soixante couverts, midi et soir. Quarante en salle et vingt servis en chambre. Deux femmes assistent le chef cuistot, Marie-Odile et Chantal, que je soulage comme je peux, trempé de sueur en courant de la réserve à leurs planches de travail. J'aime bien. J'épluche des patates, je lave des salades. On écoute la radio en volume fête foraine. On déconne, mais souvent, les filles râlent :

— C'est quatre qu'on devrait être ! Toujours à nous réduire comme ça, ils nous épuisent.

Forcément, comme je suis nouveau, on me prend à témoin. C'est vrai que deux personnes ou seulement une de plus allégeraient notre charge de travail. Surtout après le service quand il faut tout laver, tout ranger impeccable dans le bruit et la vapeur des lave-vaisselle. C'est une épreuve. Quand on a terminé, on est moite et on pue d'une odeur qui donne envie de gerber.

En salle, ils sont sept, quatre femmes, trois hommes, répartis selon la hiérarchie des dépendances. J'ai compté quatre personnes qu'on alimente à la petite cuillère. Certaines se débrouillent comme elles peuvent. À la fin des repas, comment dire ? Ça me rappelle la cantine et le chahut qu'on mettait quand il y avait des petits pois. Après, quand on bosse là, ça passe aussi par la cervelle. T'as de l'empathie ou t'en as pas. Quand la personne âgée ne veut rien savoir, qu'elle avale de travers, qu'elle se plaint pour un rien, si on a le chic de faire le clown, d'être un gentil à toute épreuve, tout va très bien. Mais à l'inverse, par impatience, on peut devenir très vite blessant, ou encore maltraitant comme ils disent. Pas méchant, non, mais usé à devoir contrôler sans arrêt la douceur de nos gestes et le ton de notre voix. Au pire, quand ça dérape, on appelle un collègue, et le temps d'aller décompresser avec une clope ou un café, on nous remplace. Car à défaut d'être solidaire, l'ambiance peut vite devenir malsaine. Avec les cadres au-dessus de notre tête qui nous le répètent sans cesse :

— N'oubliez pas que vous êtes au service des personnes !

— N'oubliez pas que nous sommes aussi des personnes ! leur rétorquent certaines, exténuées.

Pour les repas en chambre, elles sont cinq. Quatre résidents chacune. Un calvaire. Car cette fois-ci, ce n'est plus à la cuillère mais limite à l'entonnoir. M. Picquier est de ceux qui prennent leurs repas à l'étage. Il pourrait descendre en salle, mais l'avancée de sa maladie de Parkinson complique ses déplacements. Surtout, il souhaite manger seul. Le restaurant beuglant, comme il l'appelle, le déprime. Il précise bien qu'il ne s'agit de sa part ni de snobisme ni de condescendance à l'égard de qui que ce soit, mais que moralement c'est au-dessus de ses forces :

— Quand on déchoit comme je déchois, dit-il, qu'on est lucide comme je le suis, on souffre moins lorsqu'on est seul. Le spectacle des autres te renvoie inévitablement à ta propre déchéance.

Il y a huit ans, quand son médecin traitant a diagnostiqué sa maladie, un premier temps, il a refusé d'y croire. Puis les symptômes s'accumulant, onze mois plus tard, il a été contraint de prendre la décision que son médecin préconisait. Maison, voiture et librairie, il a vendu tous ses biens au bénéfice de ce qu'il verse aujourd'hui à la maison de retraite, deux mille cinq cents euros mensuels tous frais compris. Mais de tout cela, rien ne le rend plus malheureux que les milliers d'ouvrages dont il s'est séparé. De retour dans sa chambre, après m'être acquitté du repas de ses voisines, je l'écoute me parler de sa bibliothèque comme s'il parlait d'un être cher disparu depuis peu. Dans un geste circulaire de son bras droit, il me montre les murs de sa chambre. D'une voix chagrine et désolée, il m'explique l'inscription sur la porte :

— *Pauca meæ*, c'est du latin. Cela veut dire : « Le

peu qu'il me reste d'elle. » Ce que tu vois ici n'est qu'un dixième de ce que je chérissais le plus au monde. Ah, quel crève-cœur quand j'ai eu à choisir ces trois mille au détriment des autres ! Une torture que je compare à celle que vivent les amputés. Tu connais le syndrome ?

— …

— Le syndrome du membre fantôme. Oui, parfois, le membre amputé te démange, tu ne peux pas te gratter et ça vire au cauchemar. Imagine ! Vingt-sept mille livres que je ne peux plus feuilleter.

Comment pourrais-je l'imaginer ? Je ne peux pas lui dire : « Les livres, chez moi, y'en a zéro ! » Sans réfléchir, je compatis :

— Vous en parlez comme si c'était de votre famille ou de vos amis.

— Oui, c'est le mot !

— Monsieur Picquier, passez-moi votre plateau, il faut que j'y aille, les filles m'ont dit de ne pas traîner.

— Oui, tu as raison, mais reviens quand tu veux. Moi, je ne bouge pas.

Chaque fois que je le peux, je passe le voir. Pas très longtemps, après le travail je suis crevé. Cependant, le Vieux Libraire confiné dans sa chambre agit sur moi comme un aimant. C'est très curieux, une fois par jour, il faut que j'y aille. Hormis le cercle étroit dans lequel j'évolue, mon travail aux Bleuets, à la maison avec ma mère, j'ai bien conscience de ne rien connaître. Lui, c'est une tête, une vie, pleines de livres, une somme inépuisable d'expériences. Au juste, qu'est-ce que je cherche ? Qu'est-ce que je fais là en compagnie de ce vieillard au milieu de ses bouquins ? Du reste, je me garde bien de les toucher ou de les ouvrir. De peur de quoi ? Je ne sais pas. Le traumatisme de l'école, sûrement. Le Vieux Libraire ne m'en parle pas. Pourtant, je ne suis pas dupe, je le vois venir. Cette couverture qu'il laisse traîner. Ce titre plutôt qu'un autre supposé me séduire. C'est un jeu entre nous : moi, lui faire croire que la lecture, non merci ; lui, qu'il a d'autres chats à fouetter que de me convaincre. Faut-il que l'école soit maladroite pour que deux ans après l'avoir quittée, j'en sois encore à rejeter ce qui la symbolise au plus haut point, ces livres qui me fascinent autant qu'il me répugne ne serait-ce que d'en feuilleter un seul. M. Picquier serait si heureux, j'en suis certain. Mais pour l'heure, je ne craque pas, notre affaire est tacite, ce statu quo nous convient et va durer plusieurs semaines jusqu'à cette phrase dite d'une voix sèche et suffisante :

— Monsieur Picquier, vous dites toujours qu'une journée sans lecture ne vaut rien, mais depuis que je vous connais, je ne vous vois jamais lire.

— …

J'ai dû dire une connerie. Son silence dure au moins trente secondes. Je n'ose plus le regarder.

— Ne sois pas désolé, ta remarque n'est pas très délicate mais elle a le mérite d'être juste, je ne lis plus tout simplement parce que je ne peux plus le faire. Regarde mes mains, regarde comme elles tremblent. Oui, je sais ce que tu penses, je pourrais bloquer le livre sur un lutrin, mais mes yeux m'ont lâché. Le glaucome a gagné. Rien n'y fait, ni les gouttes ni le laser, ni même une liseuse à grands caractères. J'ai pourtant essayé. La lecture, c'est fini. Il me reste la musique.

Incapable de dire ou de faire quoi que ce soit, je

ne bouge plus, je me fais le plus petit que je peux. M. Picquier tend sa main droite vers le lecteur de CD qu'il a fait installer à côté de son fauteuil, appuie sur *Play* – CD 1 –, pousse le volume à fond. Le décodeur s'allume. De droite à gauche défilent en vert fluo – Mahler *Symphonie n° 5 Adagietto*. La mort. À chialer. Pourquoi je dis ça ? J'y connais rien. Enfin, une musique chiante. Un truc de vieux. Mais curieusement, j'ai le ventre en l'air. Le cœur crevé. Surtout, j'ai honte.

— Grégoire ? (M. Picquier voit bien ma tête de chien navré.) Grégoire, rassure-moi, tu sais lire ?

— …

— Quand tu reviens, on en parle. Pour l'instant, laisse-moi seul.

3

Il m'a fallu deux jours pour digérer, me repasser mille fois la scène, la réécrire en ma faveur pour ne pas paraître si pitoyable. Enfin, quand je retourne le voir, comme d'habitude je frappe, j'attends. Sur son invite, j'entre dans sa chambre. Il est assis dans son fauteuil. Je vais vers lui, respectueusement lui tends la main.

— Monsieur Picquier, ce que je vous ai dit la dernière fois, ce n'est pas correct, je vous présente mes excuses.

Visiblement, je le réveille. Il penche sa tête en me faisant un petit sourire des yeux, me tend une main tremblante qui serre la mienne dans une douceur que je ne connaissais pas. Sa peau. Comme le ruban d'une boîte de parfum de luxe. Effaçant la voussure des épaules, tout doucement, il se redresse.

— Grégoire, j'accepte tes excuses, ces deux journées sans te voir m'ont pesé plus que tu ne peux l'imaginer.

Pour une fois, je suis clair dans ma tête.

— Monsieur Picquier, faut que je sois franc avec vous, la lecture, ce n'est pas vraiment ma tasse de thé, quant au travail que je fais ici…

Il me coupe la parole :

— Tu ne m'apprends rien.

— Alors…

— Alors quoi ?

— La directrice, elle vous aime bien ?

— Oui, j'ai la faiblesse de le croire.

— Alors, mon idée, ce serait de vous faire la lecture une heure par jour, ce serait génial, non !? Ça vous dépanne, moi ça m'arrange, une heure de moins dans les cuisines, vous comprenez ! Ne serait-ce qu'une heure ! Monsieur Picquier, vous lui demanderez ?

Le ton de ma voix oscille entre le doute et la supplique, l'envie de lui faire plaisir, c'est évident, et l'impression de choisir la peste pour éviter le choléra, de me condamner moi-même à une activité qui m'a toujours fait fuir. Mais le vieil homme, lui, ne se pose pas toutes ces questions, son visage s'illumine.

Dès qu'il a pu, M. Picquier est descendu dans le bureau de la directrice. Un événement. Mme Masson n'en revient pas.

— Monsieur Picquier, quelle surprise !

Nous sommes au mois de mai.

— Il va neiger !

Elle pousse les deux chaises qui lui font face. Le Vieux Libraire fait rouler son fauteuil jusqu'à poser son avant-bras sur le rebord du bureau qui le sépare de la directrice. Il aime le contact.

— Ma petite Catherine, c'est à propos de Grégoire…

— Ah, ce Grégoire, c'est votre coqueluche ! Je vous écoute.

— Je sais que tes plannings sont serrés, mais… (M. Picquier tergiverse.) S'il pouvait s'échapper de temps en temps des cuisines, une heure par jour par exemple…

Il hésite encore.

— Et alors ? demande-t-elle, impatiente.

— Et alors, il me ferait la lecture !

— Monsieur Picquier ! Grégoire ? Vous plaisantez ! Ce pauvre gamin ne sait même pas ce que c'est qu'un livre.

— C'est mon affaire, Catherine. Je ne demande jamais rien.

Catherine Masson, quadragénaire sûre d'elle, des décisions qu'elle prend chaque jour, se donne soudain le temps de la réflexion.

— Votre demande est délicate, monsieur Picquier. C'est une double faveur. À votre endroit, passe encore, avec plaisir même, mais à celui de Grégoire, ça risque de coincer, dès demain j'ai l'équipe des cuisines dans le bureau. Jean-Michel et les filles vont crier.

— Laisse crier…

Ils ont crié. Marie-Odile, Jean-Mi, Chantal ont bien crié. La directrice tient bon. Soyons clairs, elle le fait moins pour moi l'employé que pour lui le client.

— Sachez, Grégoire, qu'à tout moment ce privilège, car c'en est un, ce privilège peut vous être retiré. Les effectifs sont trop…

— Madame Masson, je sais, je sais.

À l'intérieur, je jubile – « Monsieur Picquier, elle est OK ! ». Je prends à peine le temps de frapper, encore moins celui d'obtenir son retour. J'entre en triomphe dans sa chambre :

— Elle est OK, monsieur Picquier ! Elle est OK !

Petite danse de victoire tout autour du vieil homme dont les mains tremblent un peu.

Nous convenons du premier lundi du mois de juin

pour notre séance inaugurale, le temps qu'aux cuisines ils se fassent à l'idée. Pendant quinze jours, ils me font la gueule. Toute une série de vacheries et de remarques désobligeantes :

— Ça y est, on couche !

Rien ne précise si l'allusion me vise, moi et Masson, ou bien moi et le vieil homme. Je m'en fous. Je me dis : « Ferme-la Grégo ! Tu les emmerdes. Dans quinze jours, une heure de moins dans les cuisines. »

Grande question : comment allons-nous procéder ? Le Vieux Libraire, lui, c'est certain, doit avoir son idée. Je ne lui cache pas mon impatience. Quel livre va-t-il choisir pour ma première lecture ? Fera-t-il son choix par nostalgie d'une émotion particulière quand il était lui-même un jeune lecteur ou réfléchit-il à un livre pour mon propre plaisir ? Peut-il allier les deux ? Le Vieux Libraire est une fine mouche, il alliera les deux.

4

Premier lundi du mois de juin. Chambre 28. 16h50. M. Picquier m'attend. Rez-de-chaussée en cuisine, dernière main au rangement dans le bac à légumes. Jean-Michel ne me lâche pas. L'heure, c'est l'heure. On a dit 17 heures. Jingle RTL. 17 heures. Flash infos. Il finit par grogner :

— File, mon salaud !

Le tablier et la charlotte en boule dans mon casier. Je garde aux pieds mes sabots de plastique bleu *made in China.* Quatre à quatre, je rejoins mon sauveur. Sa porte est entrouverte.

— Entre ! Entre ! Je t'attendais. Tout est prêt.

Il est assis dans son fauteuil. Les avant-bras sur les deux accoudoirs. Un sphinx. Il m'enjoint de m'asseoir. Je reste debout. Sans dire un mot, d'un signe de tête, il me désigne le livre en évidence sur la table. J'approche ma main. J'hésite.

— Ça parle de quoi ?

— T'as le résumé au dos.

Je me décide. Je prends le livre, regarde le titre et son auteur. Je le retourne. Debout près de la table à quelques pas du Vieux Libraire, je lis ce qu'il appelle la quatrième de couverture. Concentré comme jamais. Il m'interrompt :

— À voix haute s'il te plaît ! Tu es censé faire la lecture à un vieillard qui ne peut plus lire. C'est le contrat, je crois.

— Oui, c'est vrai, vous avez raison.

Je rigole de travers. La pression monte d'un cran. Des tas de mauvais souvenirs me reviennent en mémoire – « Gélin, enchaînez ! » Au collège, en français, on lisait à voix haute, deux-trois minutes chacun son tour. En une demi-heure, six-sept élèves passaient en ordre aléatoire que le professeur privilégiait en toute perversité, nous contraignant ainsi à nous tenir toujours prêts au cas où notre nom sortirait de sa bouche – « Gélin, enchaînez ! ». Et ça ne ratait jamais. J'étais ailleurs. Parti très loin dans ce qui se lisait. Un mot, un autre. Je brodais à mon goût. Bien sûr, jamais au goût du prof – « Gélin ! ».

— Grégoire, tu m'entends ?

La voix douce du Vieux Libraire me tire de mes pensées.

— Excusez-moi… je vais m'asseoir, ça ira mieux. Je m'approche de vous ou ça ira comme ça ?

— Vas-y ! Vas-y ! C'est parfait…

J'y vais – « L'Attrape-cœurs *de J.D. Salinger reparaît aujourd'hui dans une traduction nouvelle, occasion de découvrir ou de redécouvrir les aventures du jeune Holden que ses professeurs ont chassé du collège trois jours avant Noël…* » Deux cent quarante-sept pages. Je déglutis. Ça commence fort.

— Il va falloir combien de séances ?

M. Picquier se veut rassurant.

— Pas plus de dix. On a le temps, tu t'en fiches ! Je t'écoute.

Il ferme les yeux et, la tête légèrement renversée, après une longue inspiration, il ajoute :

— Je suis prêt.

Je ne peux plus reculer – « *Chapitre I. Si vous voulez vraiment que je vous dise, alors sûrement la première chose que vous allez demander c'est où je suis né, et à quoi ça a ressemblé, ma saloperie d'enfance…* » Ma voix n'est pas sûre, c'est le moins qu'on puisse dire. Je jette un œil sur le visage du Vieux Libraire. Serein. Les yeux fermés. Il ne dort pas quand même. Je me racle la gorge. Ses paupières frisent.

« Grégoire Gélin, enchaîne ! » me souffle une petite voix.

Au tout début, j'accroche pas mal sur les noms propres. Ça se passe en Amérique. M. Picquier me conseille de franciser l'affaire et que l'*english* correct bien prononcé tout comme il faut, « on verra ça plus tard ». Ça me plaît comme ça. Ce jeune garçon en rupture avec l'*establichemente*, c'est moi. Le coup de sa copie d'histoire avec ses commentaires ineptes sur les grands pharaons. Trop fort. Et quand il parle de ses copains tous plus grossiers les uns que les autres. Celui qui pète dans la chapelle pendant le discours du bienfaiteur. Je rigole trop. Je ne peux plus lire. M. Picquier s'essuie les yeux. Ça fait déjà une heure. Faut que j'y aille, sinon je vais me faire engueuler. Pas peu fier, je claironne :

— Trois chapitres, monsieur Picquier, c'est pas mal, non ?

Et du pouce, ébahi de mon exploit, je feuillette les

vingt pages que je viens de lire. Le Vieux Libraire me regarde m'ébrouer comme un poulain dans une clairière.

Je ne pensais pas qu'on puisse vivre ainsi dans l'aventure d'un autre. Cette angoisse qui vous prend quand l'avenir vous fait face. L'inquiétude de Holden, c'est la mienne. Les passages sur les filles et le sexe, j'en rougis à sa place. Jusqu'au 15 juillet, faits et gestes du héros de Salinger m'appartiennent. Aux derniers mots du livre, je suis ému. Ému d'une sensation de vide. La chambre du vieil homme me semble soudain déserte. Holden a disparu, sa voix s'est tue et le silence du Vieux Libraire me pèse. Peut-être réfléchit-il au livre qui va suivre. Là, j'ai confiance, autour de nous il y en a trois mille. J'entame un long et lent travelling circulaire, mais bizarrement j'étouffe. La chambre se resserre. Je vois des bras qui s'ouvrent, des histoires qui m'appellent, je suis tombé au fond d'un piège où la lumière scintille d'incroyables promesses. J'ai un coup de chaud. Je me lève.

Juillet. Soleil. La vie revient. Ses contingences – « Pensez à les faire boire, régulièrement. Ils n'y pensent pas. C'est à vous d'y penser ! ».

Moi, je n'ai pas soif, peut-être, à lire comme ça, une heure en plein juillet dans la chambre d'un vieillard ? M. Picquier se moque de moi. D'une voix de bigote en maraude, il me vouvoie :

— Buvez, Grégoire, buvez, vous connaissez les directives du ministère de la Santé. Vous devez boire !

Je bois.

5

Trois jours plus tard. 18 juillet. Bureau de Mme Masson. 9 h 24 au cadran numérique. Elle m'invite à m'asseoir. Re-question de planning. De juillet à fin août, une trouée de huit semaines de congés à caler. À raison de trois semaines par personne pour *x* personnes, depuis les toubibs, les infirmières, les kinés, la standardiste, jusqu'au staff de maintenance. Un huitième de tout ça part bronzer toutes les semaines. Tu fais le compte. Un casse-tête. Sachant que rien ne doit mollir dans les services donnés. Je la vois venir, la Masson, avec ses yeux de catastrophe :

— Grégoire, y'a le feu ! Je vais vous demander un grand service. Jusqu'en septembre, je vous déplace des cuisines au service buanderie en sous-sol.

— Madame Masson, vous ne pouvez pas ! Pas ça ! La buanderie, vous le savez bien, c'est l'enfer.

— Rebecca et Daniel sont prévenus. Ils vous attendent. On ne change rien à votre heure de lecture avec Picquier.

Monsieur, pensé-je en mon for intérieur. *Monsieur* Picquier !

La buanderie. L'enfer. Surtout Daniel, le blanchisseur. Dany l'ordure. La fine fleur des Bleuets dans un marcel de coton blanc taille *very small*. Muscles tatoués de grosses conneries qui font marrer tout le monde. Notamment les nichons d'une pin-up qu'il fait bouger de haut en bas en gonflant ses biceps. Hyper drôle. Sans parler de la poésie qui va avec.

— Hé l'intello ! Bouge-toi un peu, c'est pas *La Grande Librairie*, ici !

Je ne vois pas d'où il parle.

— T'es où ?

— Avance, n'aie pas peur.

La bête se tient au-dessus de ma tête sur une étroite coursive qui court autour de la pièce. Un câble distendu, de piquet de fer en piquet de fer, permet de s'y tenir sans tomber. Les plafonniers lâchent leur blanc laiteux sur une poche d'air saturée de vapeur, irisée par endroits de couleurs d'arc-en-ciel. À mi-hauteur, un soupirail ouvert donne sur les roues des voitures stationnées sur le parking.

— Je te présente le paquebot. Niveau 1 où je suis, les sécheuses. Y'en a sept. Et je peux te dire que ce n'est pas de trop quand les mamies changent de slip le même jour. Niveau 0 où tu es, les douze laveuses. Les deux repasseuses et tous les stocks de détergents dans les armoires. Mme Masson a dû te le dire, on ne lave ici que le petit linge. Le gros – les draps, les serviettes, les alèses –, ça file direct en zone artisanale. T'as ton permis ?

— Pas encore.

— Putain ! Elle se fout de ma gueule. Une gonzesse qui se déplace à vélo et une pédale qui marche à pied. Vous allez vous entendre tous les deux. Elle est où Rebecca ?

— J'en sais rien ! Et tu me lâches ! Plus jamais tu me traites de pédé. C'est pigé ? M. Picquier est un mec bien, avec lui j'apprends plein d'trucs.

— C'est ce qu'on se disait avec Jean-Mi, les intellos, c'est tous des brèles.

— Arrête ! Tu me donnes le taf. Je le fais. Tu fermes ta gueule !

À peine un mois que je fais la lecture au Vieux Libraire, c'est plié, on m'appelle « l'intello ». La meute est jalouse, chacun y va de son refrain.

— Une heure de branlette avec le vieux, je veux bien qu'on me paye pour ça, moi !

Là, ils tiennent leur revanche. La buanderie. Dany-l'ordure, ils connaissent l'oiseau. Irréprochable au boulot mais plus con qu'une chaussette orpheline en dehors de ses machines. Les programmes spécifiques à chaque type de dentelle, ça, monsieur maîtrise. Quant au matos humain, monsieur s'en contrefiche. Il a le don de mettre à cran. Moi, je fais tout pour lui montrer que « l'intello » n'est pas une brèle. Je me défonce. Peine perdue.

Rebecca, quelle misère ! Pieds nus dans ses vilaines chaussures de caoutchouc, charlotte en berne, sans arrêt trempée de sueur et de trouille. Une victime. J'essaie de lui prouver que Daniel n'est qu'un pauvre type, mais rien à faire, elle boit le fond du bol. Les papouilles sous la blouse, sans la blouse. La culbute dans les piles de linge propre. Combien de fois je me suis demandé si mon silence était de la non-assistance à personne en danger ? Mais jamais je n'ai moufté. Si on veut, moi aussi j'ai la trouille.

Tous les matins, je la suis dans les couloirs. On ne

voit pas les résidents. On collecte les sacs que nous préparent les auxiliaires. Ça pue la merde. Le sang. Le vomi. Toutes les humeurs du relâchement des corps. Des sacs en toile numérotés sur un chariot. Contenu noté sur un cahier que l'on transmet au sous-traitant. Pour chaque vêtement perso, comme en colo, sa marque nominative. Le seul plaisir que je trouve à faire cette tâche, c'est de passer en sens inverse afin de remettre à chacun ses effets bien pliés, repassés, fleurant bon la lessive. Des blouses, des gilets tricotés main, faits machine, des nuisettes acryliques, des dessous fantaisie, des écharpes, des pyjamas, des maillots de corps, des pantalons, des robes, des jupes, des mouchoirs, des collants. M. Picquier appelle ça « la fanfare des culottes ». J'agite une clochette, une clarine minuscule qui chante le frais et la montagne. Bon, les papis restent distants, courtois, certes, n'accordant que peu d'importance à ces détails de logistique. Quant aux personnes atteintes d'Alzheimer, niveau zéro sur l'échelle du vivant, aucune réponse à la clarine, à mon bonjour, ni quoi ni qu'est-ce, il faut tout faire soi-même. Ranger le linge dans les tiroirs, pendre les robes, les pantalons aux cintres. Somnolentes, allongées sur leur lit, ou bien assises dans leur fauteuil, observant un silence de planète endormie, je regarde ces vies finir de la pire des façons. Il n'y a que les mamies encore gaillardes qui m'accueillent comme un petit-fils qu'elles ne revoient qu'à la Noël. Elles m'embrassent à m'étouffer de cette douce affection qui ne trouve plus d'emploi. J'ai droit à des « Ah ! mon gentil… Grégoire, mon mignon… pose-moi ça sur la commode, je le rangerai tout à l'heure. »

J'ai eu le malheur de demander un masque pour inhaler moins de saloperies. Odeurs, vapeurs, poussières ou fibres, il me semble normal de s'en protéger. Que n'ai-je point demandé là !

Dany l'ordure s'enorgueillit de la dureté de son travail, une fierté redoublée du plaisir sadique à le rendre encore plus dur et plus ingrat pour Rebecca, sa chose, et moi, sa fiote. J'ai beau me rebeller, sa force physique a toujours le dernier mot. Je cède aux brimades et aux gestes déplacés. Tapes sur les fesses. Mains aux couilles. Chiquenaudes sur les oreilles. J'ai droit à tout. Dans ma tête, je le pousse dans une sécheuse. Je ferme la porte. Et volume chaud. Très chaud. Coton grossier.

Ah, le monde du travail, quel bonheur ! À qui m'en plaindre ? Ma mère ? Impossible. M. Picquier ? Je ne souhaite pas l'ennuyer avec ça, la lecture, c'est sacré. Je serre les dents et, peu à peu, chaque fois ça fonctionne, tous les nœuds qui me nouent, en lisant à voix haute se dénouent. Page après page, toutes les humiliations que ce tyran m'inflige s'effacent les unes après les autres. À la fin de la séance je suis calme, apaisé, toute colère disparue, à mille lieues des Bleuets et de mes embrouilles avec Dany. Par immersion, j'oublie tout. D'un oubli qui, lecture achevée, me renvoie au réel, lessivé et rincé mais heureux. J'en embrasserais le Vieux Libraire. Pour l'heure, nous nous serrons la main. Nous sommes copains. Complices.

6

Un jour, Mme Morel, anciennement professeure de musique en collège, en grande balade dans les couloirs, bras dessus, bras dessous avec Mme Giroud, agricultrice à la retraite, toutes deux voisines du Vieux Libraire, me tend la perche :

— Dites-nous, Grégoire, nous avons appris que vous faisiez la lecture à M. Picquier. On ne pourrait pas en profiter, Mme Giroud et moi ? Ça nous changerait.

Les deux copines se poussent du coude. Je les soupçonne d'être impatientes de visiter la chambre du Vieux Libraire pour vérifier elles-mêmes le vrai du faux de tout ce qui se raconte sur son aménagement.

— Rendez-vous compte ! Il a fait le choix de ne pas avoir de télévision pour pouvoir ranger cinquante livres de plus. Il paraît qu'à peine entré, on y étouffe. Moi, vous savez, deux-trois bibelots, ça me va très bien. J'ai besoin d'air. Nos chambres sont assez petites comme ça.

M. Picquier ne dit pas oui tout de suite. Il les fait gentiment lanterner. Il aime se faire prier. C'est moi qui pousse l'affaire.

— Monsieur Picquier, on met une deuxième chaise

ici et une troisième là. Oui, c'est un peu serré… mais, ce serait sympa, non ?

— Laisse-moi le temps d'y réfléchir.

Dans sa tête, c'est oui, mais il veut faire le meilleur choix. Trois jours plus tard, à la fin d'une séance :

— Grégoire, il faut leur lire Maupassant.

— Qui ça ?

— Guy de Maupassant, un remarquable auteur du XIXe siècle. Plus de trois cents nouvelles. Six romans. Regarde à *M*. Tout est classé par ordre alphabétique.

Je regarde. Malaparte. Marivaux. Maupassant. Œuvres complètes.

7

1er septembre. Le cauchemar cesse. Enfin, je retourne aux cuisines. Les derniers jours du mois d'août, Rebecca en vacances, Dany n'avait plus que moi pour faire joujou. Collectage, tri, lavage, séchage, repassage, retour à l'envoyeur, je faisais tout, tout seul. Vautré dans son fauteuil, monsieur supervisait le boulot en alignant les réussites sur son Smartphone. Il y a six semaines, tout ce qui me rendait insupportable le travail en cuisine – les odeurs, la touffeur, la chaleur des fourneaux – me donnerait aujourd'hui presque envie de chanter. Ma bonne humeur réjouit M. Picquier.

— T'es amoureux ou quoi ?

— Pas du tout ! Libéré d'une ordure. Si vous saviez le soulagement que c'est.

D'un trait, je lui lâche tout. Le harcèlement subi par Rebecca. Le mien. Le silence des collègues. L'intouchable Dany que la directrice protège. M. Picquier, abasourdi, ne supporte pas cette omerta. Il va la voir dans son bureau, la deuxième fois en quelques semaines. L'entretien sera de courte durée. Mme Masson est égale à elle-même :

— Monsieur Picquier, vous êtes gentil, trouvez-moi

quelqu'un qui mène l'affaire aussi bien qu'il la mène et après on discute. Pour moi, y'a pas de problème, je ne change rien.

Franchement, elle le déçoit. Dépité mais loin d'être vaincu, l'œil pétillant, le Vieux Libraire me glisse :

— Ne t'inquiète pas Grégoire, on trouvera, fais-moi confiance.

Et s'assurant qu'il ne m'ennuie ni ne m'embrouille avec ses envolées et ses vieilles lunes comme il dit, rebondissant sur mes récentes mésaventures, M. Picquier me parle de lui.

— Convictions d'autrefois, Grégoire… convictions… convictions… À vingt ans, tu comprends, on adore les grandes phrases – « L'injustice n'est le lot que de ceux qui l'acceptent ! » C'est le genre de propos que je tenais quand j'étais étudiant, mais tu penses bien que de dire ça ou rien, c'est kif-kif. Toute ta vie, il faut te battre. J'ai été militant, oui, Grégoire, j'ai cru à la *révolution* – ça t'étonne ? Ah ! Ah ! Oui, j'ai cru au *grand soir*, à la venue de jours meilleurs. J'étais rouge, rouge foncé presque noir. T'inquiète pas que la vie te rattrape et vite fait. Je suis passé du rouge foncé au rouge pétant pour terminer rose layette, mais grâce à toi, je reprends des couleurs, pâlichonnes, oui, c'est vrai, mais tout de même.

J'adore quand il s'enflamme. Tout en lui rajeunit.

— Car avant d'être libraire, j'ai été typographe. Dans la presse. J'ai appris sur le tas. C'est le seul boulot que j'ai trouvé à la fin de mes études. Au journal, on bossait comme des dingues. Plus de deux cents qu'on était. Et tout de suite, je me suis syndiqué, militant acharné. Je ne pouvais accepter l'injustice des cadences pour le salaire qu'on touchait. J'ai tenu dix ans. À trente-cinq ans, j'avais encore le choix : continuer à lutter pour des prunes *ad vitam æternam* ou rentrer dans le rang avec mes points de retraite en ligne de mire. À te dégoûter de toi-même. J'ai opté pour le changement, le sursaut, l'aventure, en montant mon affaire. Je rêvais d'être libraire. Je rêvais, grâce aux livres, d'essaimer mon idée de lutte finale. Après coup, c'est facile d'y voir clair. Sur le moment, tu n'y vas pas forcément en ligne droite. Tu y vas à l'instinct. Mais c'est vrai que des auteurs comme Bourdieu, Barthes, Foucault, Freud, Marx et toute la clique, par leur lecture m'ont donné de la lumière et l'envie de la transmettre.

M. Picquier n'est plus le même. Sa maladie de Parkinson lui fiche la paix. Plus rien chez lui ne tremble, seulement sa voix mais d'un pur enthousiasme qui me rend à mon tour différent du Grégoire que j'étais à l'instant. Après des semaines de maltraitance qui ne disait pas son nom, écouter ce vieil homme m'étourdir d'un jargon qui dépasse mes neurones m'euphorise, me donne une sensation de naissance, une brûlure délicieuse au niveau de la poitrine. C'est un fait, je respire de façon différente.

— Quand tu milites, que tu y crois, que t'es à fond dans ton idée, ta prétention de faire le bonheur de l'autre sans lui demander ce qu'il en pense reste un problème, un vrai. Dès que tu décroches, cette limite-là te saute aux yeux. Quand t'es libraire, c'est un exemple, tu lis toujours avant les autres. C'est prétentieux, tu sais, de lire avant les autres et de décider ce qui est important de ce qui ne l'est pas. De quel droit ? De quel droit s'approprier le pouvoir de diffuser un texte plutôt qu'un autre ? Qu'est-ce qui te donne cette légitimité ? C'est là que tu t'inventes ce rôle qui t'autorise à dire selon tes goûts, tes enthousiasmes et tes tocades : « Lisez ce livre » ou « Ne le lisez pas » ! Connaissant plus ou moins tes clients, tu fais ça comme tu peux. T'auras toujours des grands et des petits lecteurs, des adultes, des enfants, des hommes, des femmes, des curieux, des pressés, des flâneurs, et tous ceux qui ne viennent pas, qui n'osent pas ou simplement qui ne connaissent pas.

C'est parti pour deux heures. Impossible de le couper.

— Au-delà de l'aventure intellectuelle, ce que tu touches au quotidien, c'est de la pâte humaine. Et plus tu touches cette pâte humaine, plus tu t'éloignes du dogme. Tu commences avec le Che en poster derrière ta caisse et tu termines avec les photos de tes auteurs de prédilection en PLV. C'est radical. Changement de posture !

— En PLV ?

— Excuse-moi, chaque métier a ses codes. PLV – publicité sur lieu de vente. Quand tu accèdes à cette phase-là, tu deviens un libraire adulte. Avant, tu n'es qu'un libraire adolescent. Le livre est un chemin qui te conduit à l'autre et comme il n'y a pas d'autre plus proche de toi que toi, tu lis pour te rejoindre, même si tu cherches à te fuir en le faisant, comme une sorte d'altérité autocentrée.

Je ne suis pas sûr d'avoir bien tout compris, je fais une tentative :

— Vous voulez dire ce que j'ai vécu avec *L'Attrape-cœurs* ?

— Exactement ! Voilà pourquoi j'ai pris mon temps avec les deux voisines, tout comme je prends mon temps avec toi. Mettre à niveau la hiérarchie des oreilles et celle des textes pour éviter les mauvaises greffes. On aimerait bien que tout soit pour tout le monde. Ce que je dis est détestable, mais on ne lit pas n'importe quoi avec n'importe qui. Prochaine séance, Guy de Maupassant !

8

Objectif, séduire les deux gazelles. Dans le sommaire des œuvres complètes de Maupassant, M. Picquier me pointe vingt-trois nouvelles. Des nouvelles courtes, drôles et enjouées pour leur donner l'envie de revenir. Cette fois, le Vieux Libraire veut que je prépare. Fini l'impro. Nous passons au niveau supérieur.

— Emporte le livre chez toi et entraîne-toi. Tu chronomètres grosso modo, comme ça tu vois combien de nouvelles tu pourras lire en une séance.

Au-delà de Maupassant, il me prête tout ce que je veux. Ma chambre, peu à peu, est envahie de livres. Pourquoi chez moi jusqu'à ce jour n'avaient-ils eu leur place ? Pour quelles raisons ? J'aimerais bien y répondre sans que ma mère m'entende. Elle est couturière à domicile, un univers de femmes et de chiffons. Jamais assez d'argent pour boucler ses fins de mois. Mon père a disparu, ce sont ses termes, à la suite d'un phlegmon à la gorge. Je ne l'ai pas connu, j'avais un an. J'en suis moins triste.

La lecture pour ma mère, c'est ce que j'essaie de comprendre, doit être un luxe, luxe d'argent, luxe de temps. Elle passe ses soirées à s'esquinter les yeux. Ses clientes : des amies, connaissances et d'autres femmes parfois venues de loin, sa renommée de petite main se transmettant par le bouche à oreille des fiançailles, des mariages, baptêmes et communions. Elle travaille sans cesse. Pas vraiment pauvre mais toujours un peu juste. Comme les livres sont chers, mieux vaut n'en acquérir aucun.

Quand il l'apprend, le Vieux Libraire fulmine :

— Pourquoi ta mère ne t'a-t-elle pas inscrit à la bibliothèque ?

Notre petite ville, c'est une médiathèque et une annexe, cent mille bouquins pour trente mille habitants. Le tout gratuit.

— Nous les acteurs du livre, bibliothèques, lycées, collèges, écoles et librairies, on a bossé toutes ces années, main dans la main, pour s'entendre dire ça. Je n'en reviens pas. Nos actions, nos slogans. Des livres pour tous et partout. On y croit. Et voilà !

— Vous fâchez pas, monsieur Picquier, sinon je raconte plus rien. C'est comme ça. On ne tombe pas tous dedans comme vous. Je suis là, c'est super, non ? Avec vous, je me rattrape !

— T'as raison ! T'as raison !

9

Chaque jour, 16h30 c'est calé, Madeleine Giroud et Célestine Morel se joignent à nous. J'ai gratté une demi-heure. Je respecte tous les conseils du Vieux Libraire. Comme je n'ai pas d'ordinateur, je note dans un carnet le temps de lecture pour chaque nouvelle.

La Parure – vingt minutes.

Toine – vingt-cinq.

La Bête à Maît' Belhomme – vingt.

Une vente – vingt.

Je note aussi en quelques mots la forme de chacun, pas celle des textes, mais la santé plus ou moins bonne de mes trois auditeurs car il en va de leur écoute, parfois de leur absence. Un passage chez le kiné. Une radio ou une prise de sang. Puis ce sont des nouvelles s'approchant de la longueur d'un roman.

La Maison Tellier – en deux séances d'une heure.

Boule de suif – en une seule.

— Grégoire, ce n'est pas moi qui te le dis, ce sont les linguistes. La parole, c'est du temps. La durée dans laquelle tu t'engages engage aussi ton auditoire. Veille bien à ne jamais lire trop longtemps. Nous ne sommes plus seuls. Nous sommes trois face à toi. C'est le début d'un groupe et un groupe ça remue, ça respire, ça discute. Un, tu déchiffres. Deux, t'oralises. Trois, ça digère. Et tout cela quasiment en même temps. Tu te rends compte du travail ! On appelle cela rétroaction.

Difficile de lui dire le contraire car j'en fais joyeusement l'expérience avec Madeleine et Célestine, mes nouvelles auditrices. Que ce soient héritages, adultères, crimes passionnels, enfants cachés, tirés d'horribles faits divers dont s'inspirait Guy de Maupassant, toutes ces histoires vécues pêle-mêle au cours d'une même séance par des notables, des ouvriers, des paysans ; toutes ces horreurs dont l'être humain devient capable quand il s'égare égayent nerveusement les deux femmes, générant commentaires et débats qui prennent souvent un tiers du temps de nos rencontres. À la fin d'une nouvelle un peu plus… « olé olé » comme le fait remarquer en gloussant Mme Giroud, M. Picquier m'adresse discrètement un clin d'œil et m'assure juste après leur départ :

— Grégoire, tu les tiens !

De séance en séance, je deviens un lecteur. Sans qu'il ait à me dire comment mettre le ton, comment rendre vivant un dialogue, dans l'espace confiné de sa chambre, à moi seul, tour à tour, je deviens un notable, puis une vieille paysanne, je prends goût à passer de l'un à l'autre uniquement par le timbre de ma voix qui nuance ses aigus, ses médiums et ses graves. Madeleine et Célestine applaudissent quand justice est rendue, s'offusquent de l'attitude d'un homme violent, se prennent à témoin et demandent son avis au Vieux Libraire :

— Ne nous dites pas, monsieur Picquier, que cet homme a raison, enfin ! Maupassant exagère, non ?

Elles compatissent aux drames les plus divers avec une préférence pour les drames de l'amour. À la fin de chaque lecture, nous n'avons qu'une hâte, elles comme moi, reproduire au plus tôt l'émotion du récit, cette lumière minuscule réconfortant l'enfant qui demeure en nous-mêmes effrayé à l'idée d'être seul dans le noir.

10

Le Vieux Libraire s'était promis de m'enseigner, de m'initier à la lecture.

— Tu vois, là, c'est beaucoup plus qu'un point. C'est un suspens. Respire. Donne-toi de l'air. C'est vital. Pour toi bien sûr, mais surtout pour le texte. Aucun livre ne s'écrit d'un seul jet. L'écriture n'est qu'addition de repentirs. Du bout à bout de chandelle. Laisse à la flamme le temps de se transmettre.

— Vous écrivez ?

— Laisse-moi terminer. L'art de lire en public consiste à faire entendre le texte comme au premier surgir. Bien sûr qu'il est là sous tes yeux puisque le livre est dans tes mains, mais cherche-le, comme l'écrivain l'a fait quand sa page était vierge. Comme si c'était la première fois.

— En fait, je dois bluffer, je dois lire impeccable en faisant croire que je découvre ?

— C'est un peu ça.

J'apprends, et pour apprendre, je traduis avec mes mots. Au lycée, en dictée, j'étais nul ; orthographe et grammaire, zéro ; conjugaison, zéro ; poésie récitée, zéro ; ici, je brille. D'instinct, je devine la tournure qui fracasse les esprits. Je sais fléchir la voix sur des passages plus retenus. M. Picquier m'explique sa fameuse hiérarchie.

— Parmi les textes, tu as ceux que j'appelle « Ceux-des-Crêtes », ceux des grandes aventures de la langue, dans lesquels on devine à distance l'invention des aurores. Tu sais, toutes ces lumières enthousiasmantes, l'insaisissable rayon vert au lever ou coucher du soleil, l'explosion des nuages à toute heure dans les courants d'air chaud et le rêve agrandi des vautours dans le lent tournoiement de leurs ailes. Solitude. Altitude. Et dessous, si tu cherches, tu trouveras les Thalwegs, les discrets, qui avancent, sans faire de bruit, depuis le plus petit névé qui cède sa première goutte au dégel, en mouvement, sans arrêt jusqu'au fond des vallées, jusqu'au bout de la plaine vers la mer où le plus inconnu est possible. Et d'ordinaire, c'est dans ceux-là qu'il y a les hommes. Du moins, le plus grand nombre. Après, libre à toi de frayer entre Thalwegs et Ceux-des-Crêtes, il y a des livres au sang-mêlé qui éblouissent les archives.

11

M. Picquier est gay, tout le monde le sait, c'est un secret de polichinelle et le vieil homme en joue avec malice, son âge le lui permet. Les quolibets, les blagues salaces, il a tout entendu, à commencer par ses parents.

En apprenant son homosexualité, son père l'avait frappé avec une rage insoupçonnable. Sans une larme, sans broncher, le jeune Joël Picquier avait courbé le dos et encaissé comme il pouvait, réuni le peu d'affaires auxquelles il tenait et qu'il avait laissées chez eux à son départ vers la grande ville pour intégrer la fac de lettres, puis les avait quittés sans les saluer. Meurtri au plus profond.

Il ne les a jamais revus. De leur côté, ils n'avaient pas cherché à savoir ce qu'il devenait. Même pas sa mère qu'il aimait et à laquelle il reprochera toujours sa désertion au moment où l'amour maternel aurait dû s'opposer à la violence du père. Pour lui, ce silence avait valeur de trahison et de complicité. Quand son père l'avait frappé, elle n'avait rien dit, pas un seul mot pour le défendre, ni aucun geste pour empêcher les coups de tomber. Plus que les coups, cette désertion avait fait de lui un orphelin.

Quand il s'épanche sur cette blessure inguérissable,

M. Picquier pleure discrètement. Sa main droite en visière au-dessus de ses sourcils, il se cache comme il peut, tête baissée vers ses genoux qui se mettent à trembler légèrement. Bien qu'elles témoignent d'une grande confiance, ses confidences me gênent, je ne sais quoi dire :

— C'est derrière vous, monsieur Picquier, faut oublier !

— J'aimerais tellement pouvoir le faire, mais je persiste à croire qu'on ne peut rien effacer.

À l'inverse, pour amuser le personnel, il nous raconte ses frasques de jeune homme à l'université. Ses belles années d'amour avant que le sida ne calme le jeu dramatiquement. Certains se moquent. Les préjugés demeurent. D'autres l'écoutent avec tendresse, lui passant volontiers ses excentricités, d'autant plus aisément qu'à leurs yeux M. Picquier n'est plus qu'un vieil homme à la sexualité anéantie par le traitement de sa maladie de Parkinson.

Bien que son corps soit abîmé, même s'il n'a plus, comme il le dit, « que le trognon et les pépins à nous montrer », il est facile d'imaginer qu'il a été très beau et que les femmes, pour ne citer que ses voisines, Madeleine et Célestine, lui en veulent farouchement de préférer les hommes. Telle une focale qui se concentre sur un détail en excluant le reste, son grand pouvoir de séducteur s'est réfugié dans ce regard ciel bleu qui ne lâche rien de ses vingt ans. M. Picquier est un charmeur et rares sont ceux qui lui résistent.

Ce qui me touche personnellement, c'est la douceur avec laquelle ses phrases commencent quand il évoque son grand amour. Sa voix me fait l'effet d'une caresse cherchant où se poser – « Ce jour-là, avec mon ami… » Déferle alors un flot inépuisable de mots gentils. Il peut bien se vanter d'avoir eu dans sa vie les amants les plus beaux de la terre, à mes yeux, l'amour qu'il porte encore à cet homme-là par-delà les années relègue tous les autres au rôle de figurant.

Peu à peu « son ami » devient presque le mien mais j'ignore son prénom. M. Picquier ne souhaite pas galvauder un jardin si intime. C'est toujours « mon ami ». Une photo sur sa table de nuit les montre éblouis l'un de l'autre sur une plage de galets. Je sais seulement qu'il était peintre d'origine portugaise. En fait, je suis troublé de cet amour omniprésent. Jaloux, qui sait ? Que suis-je en train d'attendre ou d'espérer ? Une place à part dans le présent de ce vieil homme ? Copain ? Élève ? Ami ou confident ? Mes collègues me surnomment « l'intello ». D'autres adoptent la formule de Masson pour laquelle je ne suis plus que « la coqueluche de Picquier ». Vient enfin la cerise sur le gâteau dont les plus imbéciles se régalent, je veux parler des mecs bien sûr, des vrais, des durs, toujours les mecs, jamais les femmes, qui me balancent dans les couloirs d'une voix de hanche efféminée : « Alors, il va bien le mignon ? » Être le mignon d'un homme aussi âgé que le Vieux Libraire me paraît tout simplement débile. Cela me choque moins pour l'insulte que pour l'atteinte à la simplicité d'une relation chaque jour plus forte. Je ne suis le mignon de personne, pas plus qu'il ne sera jamais ce père ou ce grand-père que certains m'attribuent. M. Picquier est un vieillard qui me donne ma chance. Grâce à lui, je suis lecteur.

12

J'aurais pu lui dire non. J'ai dit oui, comme un défi à tous ces cons. Depuis plusieurs semaines, selon notre jargon, M. Picquier baisse. C'est l'euphémisme dont nous usons pour signifier le dévissage d'un résident. Son cœur est à la peine, le souffle lui manque. Quand il marche ou du moins quand il va du fauteuil aux toilettes en s'agrippant aux étagères qui garnissent les quatre murs de sa chambre, il se penche vers l'avant, dos cassé, cherchant un centre de gravité qui semble le fuir à chaque pas. Non seulement ça l'épuise de devenir une ruine, mais moralement ça le ronge. Or curieusement, a contrario de bon nombre de personnes âgées, il conserve le goût de la toilette. Rester propre. Se sentir frais. Maîtriser si faire se peut son image sociale dans ce lieu où les liens se défont. Une douche quotidienne, c'est le moins qu'il exige. Celle de sa chambre, comme toutes celles des Bleuets, est équipée d'un revêtement antidérapant, d'un siège à coque en plastique et de barres d'appui aux trois côtés. Il ne peut plus la prendre seul. Une simple chute et c'en est fait. Fracture. Immobilisation. Escarres. La spirale. L'assistance d'un tiers lui est devenue indispensable, mais il ne la réclame que très rarement.

— Grégoire, me confie-t-il, hésitant à me dire ce qu'il souhaite, pour la douche, débrouille-toi, je voudrais qu'à partir d'aujourd'hui, si possible, ce soit toi qui t'en charges. Les filles sont gentilles mais leurs regards me pèsent. C'est devenu une corvée.

La surprise doit se lire dans mes yeux.

— J'en ai parlé aux filles. Elles ont souri. Sans commentaires. Oui, je sais, les rumeurs. Laisse tomber. Des cons, t'en auras toute ta vie !

Je me tais. Dans ma tête déjà, il y a tous les gestes techniques pour qu'une douche se déroule en confiance. Sur ce coup, mes collègues femmes sont sympas, elles me transmettent les petites combines. Je ne parle pas de Jean-Mi, ni de Dany l'ordure, leur bronca je m'en tamponne. Dans ma tête également, tous ces gestes intimes à prodiguer sans gêne. Comment les faire ? Jusqu'à ce jour en lecture, nous étions face à face, quelques fois côte à côte, sans avoir de contact réel, si ce n'est par l'esprit de la langue, celle des livres par lesquels notre pacte fonctionne. Nous allons nous toucher ou plus exactement, moi habillé, je vais toucher M. Picquier nu sous la douche. Comment en suis-je arrivé là ?

Quand il le faut, M. Picquier y va direct :

— Je ne te demande pas de me tripoter, je parviens encore à me savonner les couilles. Toi, ce qui t'incombe dans cette affaire, c'est de m'aider à tenir debout et à laver ce que je ne peux plus atteindre sans me casser la figure. Le dos, les jambes, par exemple. Me baisser, c'est devenu impossible.

Au moins, c'est clair. Chacun, nous avons notre gant. Inutile de fixer d'autres règles, tout le reste est tacite. Je savonne et je rince ce corps que le vieil homme avoue ne plus connaître.

— On finit par ne garder de soi qu'une image idéale. Et pour ça, les photos, c'est pratique. Sur tel ou tel cliché réalisé il y a plus ou moins longtemps, tu te trouves beau. Va pas chercher. Ton corps tombe en quenouille mais ton esprit reste coincé sur cette image. Comme un repère au-delà duquel tu ne supportes plus d'avoir commerce avec cet inconnu qui te regarde dans le miroir. Certaines personnes demandent qu'on les enlève. Parfois, c'est la famille. Je m'y refuse absolument. Je t'avouerais que j'aime bien causer avec ce type que je connais à peine. Je lui parle à voix haute. Je le moque. Pas de tendresse entre nous. Une nouvelle compagnie. Ça me stimule quand je déprime. Face aux autres, c'est facile d'entretenir l'illusion. Les vêtements dissimulent. Si tu te débrouilles bien, la coiffure pour les femmes – nous, les hommes, il nous reste jamais rien sur la tête –, le visage et les mains donnent le change. Pour ma part, je ne cède jamais au jeu – « Alors, vous me donnez combien ? ». Donnez-moi ce que vous voulez, je connais les coulisses, sous ma chemise c'est horrible.

Je confirme, sous sa chemise c'est horrible. Par petits cercles sur ses bras, son dos, ma main munie d'un gant gorgé de mousse va des aisselles à sa poitrine. Je m'arrête au nombril et aux reins dans le dos. Je me baisse et reprends sur les cuisses jusqu'aux pieds. Ses orteils patouillent. Partout, la peau pendouille. Ça pendouille sous le cou. Sous les seins. À l'arrière de ses bras. M. Picquier ferme les yeux. Il chantonne. Je m'efforce d'être le plus doux qu'il soit possible et en même temps froid et technique, du geste sûr du factotum qui voyant tout ne pense rien de ce qu'il voit. Je me relève, le visage constellé de gouttes d'eau et de sueur, satisfait de mon job. M. Picquier, petit bonhomme de mousse, me remercie d'un long sourire. Puis je le rince, laissant faire au pommeau de la douche de très longues caresses. L'eau s'en va mais demeure devant moi le vieil homme qui se tient des deux mains à la barre.

— Merci Grégoire. On fait équipe.

Patiemment, je le sèche, comme un coach le fait d'un athlète qui promet. Dix minutes que je n'ai pas dit un mot.

— C'est drôle, mais vous avez la peau du crâne vraiment très douce, très très fine.

Il rigole. Je ne vois pas la drôlerie de ma remarque. Il m'explique qu'elle lui fait se souvenir de l'histoire du Petit Chaperon rouge.

— C'est pour mieux te séduire, mon enfant !

Dany et Jean-Michel racontent le pire dans notre dos. Ils se déchaînent. Selon eux, M. Picquier me paye et la dirlo toucherait sa com. Mme Masson met le holà.

— Messieurs ! N'allez pas croire que Les Bleuets sont un hôtel de passe. Vous vous trompez. Grégoire fait son travail. Je crois savoir qu'il le fait bien.

Moi, mon salaire ne bouge pas.

13

À la Toussaint, nous faisons le point. M. Picquier ne barguigne pas.

— Grégoire, Noël approche. C'est le moment de frapper un grand coup. Nos séances entre nous sont gentilles. Je tiens absolument à élargir le cercle.

— …

— Chaque année, la maison organise une petite fête dans le salon. Le sapin, les guirlandes. Pour l'occasion, certaines familles viennent au complet avec petits, arrière-petits-enfants. Tu vas voir, c'est Guignol. Tout le monde se croit obligé de chanter Tino Rossi. Tout le monde embrasse tout le monde. C'est à pleurer. Et bien sûr, les photos avec le Père Noël. Devant lui, à côté, sur ses genoux. Les cadeaux. Les papillotes. Rien n'y manque. Et le pompon dans tout ça ? Grégoire, je te le donne en mille. Derrière la barbe et dans le manteau, tu mets qui ? Hein ? dis-moi !

— Non… j'vous crois pas !

— Dany l'ordure !

— J'hallucine !

— Ton pire ennemi, Grégoire. Cette enflure en personne. Faut le faire, quand même ! Je lui ai promis un chien de ma chienne, foi de Picquier, il va l'avoir !

Le Vieux Libraire décide de tout. Je suis aux ordres. Je vais faire une lecture à l'adresse des petits et des grands, et pour ne pas emmerder le monde, comme il dit, je vais lire des albums. Deux ou trois, pas plus. Les petiots attendent trop leurs cadeaux. Il m'explique comment, pendant plusieurs années, une comédienne est venue dans sa librairie le mercredi faire la lecture aux enfants. Comment elle se cachait derrière l'album au dos duquel elle recopiait l'histoire pour que les gamins voient les images. C'est tout bête, mais encore faut-il attraper la combine pour tourner les pages au bon moment. Malgré le tremblement de ses mains, il me montre où et comment positionner les miennes. Très rapidement, j'intègre les finesses de la tourne qu'on doit caler au rythme de l'histoire.

Résidence des Bleuets. 16h30. Samedi après-midi, trois jours avant le 25. Dans le salon du rez-de-chaussée, comme convenu, hormis les résidents intransportables, tout le monde est là. Un grand sapin touche le plafond. Ça sent bon la résine. Les guirlandes clignotent. La crèche est sortie de son carton. Les enfants courent partout, évitant au possible les mains des anciens qui veulent les attraper au vol.

— Ils sont mignons !

Les parents s'attendrissent. Le personnel et les conjoints venus pour l'occasion avec la petite famille discutent de tout, de rien, de préférence de choses légères. Mme Masson prend la parole :

— Merci à toutes et à tous d'être avec nous aujourd'hui pour fêter Noël. Votre présence nous fait plaisir et vos parents apprécient. Comme chaque année, le Père Noël va passer – *cris de joie des enfants.*

Quand tout le monde aura eu son cadeau, on partagera la bûche que Jean-Michel, Marie-Odile et Chantal ont pâtissée pour vous. On la dégustera avec des jus pour les enfants et du crémant pour les grands. *Applaudissements*. Mais avant, M. Picquier, qui a tenu pendant trente-cinq années la librairie *L'Ittéraire Bis* que certains d'entre vous ont peut-être connue, et Grégoire, qui depuis quelques mois lui fait la lecture, vous ont préparé une petite surprise. *Applaudissements*. Certains disent à mi-voix :

— Grégoire, tu sais le p'tit Gélin de la couturière.

M. Picquier dans son fauteuil, près du sapin, se tient en embuscade. Je prends la main. Le Vieux Libraire me l'a répété mille fois :

— Ne commence jamais sans que le public soit installé. Les plus jeunes assis par terre sur leurs fesses. Les ados où ils veulent. Les papis, les mamies sur les chaises et les fauteuils roulants. Derrière, debout, les parents et le personnel. Ça prend du temps, mais cela vaut le coup. Ça met le public en condition.

Ouverture de *Chien bleu*[1]. Double page. Une petite fille sur le seuil d'une maison, une poupée sur ses genoux, tend un morceau de gâteau à un chien bleu debout à deux pas d'elle, tête inclinée, l'oreille et l'œil apparemment contrits. « *Pauvre chien bleu, dit-elle en le caressant, tu as l'air abandonné. Elle partagea avec lui son pain au chocolat.* » Dans la salle, le silence s'est fait. Quelques *chuuuut !* ont aidé. Les bouches béent. La fin heureuse de l'histoire déclenche de chaleureux applaudissements. Je suis trempé de sueur, rouge d'émotion

1. *Chien bleu* de Nadja.

mêlée de surprise et de secrète satisfaction – « Je les ai gagnés ! ».

Je remercie, comme il m'a dit. J'enchaîne. *Caca boudin*[1] fait un malheur. Rappels. Sifflets. « Une autre ! Une autre ! » Le Père Noël attend. J'ai cru l'apercevoir dans le renfoncement qui communique entre le hall d'accueil et le salon. M. Picquier prend la parole :

— Avant que le Père Noël ne nous rejoigne – *cris des enfants* –, Grégoire va vous lire une histoire que j'aimerais tout particulièrement dédicacer au blanchisseur de la résidence.

Dans les rangs des collègues, rumeur discrète. Petit sourire aux lèvres, Mme Masson fronce les sourcils. Connaissant « son Picquier », elle redoute un esclandre. Les familles ne bronchent pas. Surpris par cette annonce qui le concerne, Dany le Père Noël relève la tête et tend l'oreille.

— Dany étant malade, Dany n'a pas pu venir et c'est dommage, connaissant son humour, il aurait adoré cette histoire. En lui souhaitant un bon rétablissement.

Quelques rires jaunes de la part des collègues. Rebecca me regarde, paniquée. Haussements d'épaules et petite moue d'excuse lui signifiant que je suis aux ordres.

— Quand le Père Noël sera là, on lui donnera le livre pour qu'il le lui transmette. Grégoire, s'il te plaît !

J'annonce le titre : *Dans la gueule du monstre*[2]. Éclats de rire des collègues. Comme une soupape qui libère

---

1. *Caca boudin* de Stephanie Blake.

2. *Dans la gueule du monstre* de Colette Barbé et Jean-Luc Bénazet.

sa vapeur trop longtemps contenue. Dany l'ordure, les filles le détestent, les mecs la ferment. Masson ne voit qu'une chose. Ses plannings. Sous les yeux des familles, des enfants, incrédules, se déroule la tragicomédie des Bleuets. Caché derrière le livre, je ne vois rien, je n'entends rien des réactions de l'intéressé. À deux doigts qu'il est d'arracher sa barbe blanche en coton pour nous plaquer tous, là, enfoirés que nous sommes. Discrètement, Mme Masson se rapproche de lui pour lui glisser, un rien crispée :

— Daniel, tenez-vous-en à votre rôle de Père Noël s'il vous plaît !

Pendant ce temps, l'histoire du monstre, de sa toute petite bouche devenue grande après opération et de son trou du cul resté petit, petit, petit, arrive à son terme pour l'amusement de tous, mais surtout pour la subtile moquerie que chacun de mes collègues y voit à l'égard de Dany. *« Quand ils le virent mort, les animaux de la forêt se mirent à chanter : Oh ! Le méchant, il a mangé trop ! C'est entré par en haut, c'est pas sorti par en bas. Et c'est bien fait… »* Court silence à dessein. D'une main, j'invite les familles, les enfants, les papis, les mamies à conclure avec moi : *« Et c'est bien fait… »* Rebecca, les collègues, tous en chœur, d'une voix pleine de joie : *« … pouuur luiiii ! »*

Avant que l'euphorie ne retombe, de là où il se tient en retrait, le Vieux Libraire commence à scander suffisamment fort pour être entendu de toute la salle :

— Père Noël ! Père Noël !

Immédiatement suivie par les gamins chauffés à blanc, la silhouette de Dany le Père Noël sort du renfoncement du hall d'entrée pour pénétrer dans le salon. L'échine courbée sous le poids de sa hotte remplie à ras bord de cadeaux, Dany l'ordure avance d'une démarche de vieux sage, aux gestes lents, caressant au passage les visages des petits audacieux qui osent l'approcher, quand certains, accrochés à la jambe de papa ou maman, préfèrent l'observer de très loin comme je le fais pour ma part en craignant de croiser son regard qui fulmine et son poing qui se serre à l'idée d'une revanche qu'il lui tarde de prendre.

— Les histoires de Noël se terminent toujours bien, m'assure M. Picquier.

Il semblerait que ce soit vrai. Rebecca a changé de service, et pour l'instant, Dany l'ordure me fiche la paix. Toujours est-il qu'enorgueilli de ce premier succès, à la maison, dans la famille, lorsqu'on me demande ce que je fais, je n'hésite plus, je leur réponds que je suis lecteur de compagnie. Ma mère hausse les épaules et lève les yeux, manière de dire : « N'importe quoi ! »

Mme Masson, vive en affaires, ajuste le tir. La séance de Noël a marqué les esprits. Le retour positif des familles et l'ambiance retrouvée dans l'équipe, le P'tit Rouquin a le vent en poupe. C'est décidé, à partir de janvier, cinquante-cinquante. Le matin, aux fourneaux. L'après-midi, en lecture dans le salon pour un groupe à convenir.

De la bouche même de deux de ses clientes, ma mère entend parler de tout cela.

— Votre fils, madame Gélin, nous a littéralement enchantés !

Sans lever le nez de sa machine à coudre, ni

s'enquérir d'aucun détail, ces rumeurs élogieuses auxquelles je ne l'ai pas habituée ne laissent pas de l'étonner :

— C'est quoi cette histoire de lecture, je te croyais aux cuisines ?

Toutes ces semaines d'intenses préparations, les livres qui encombrent de plus en plus ma chambre, ma mère ne voit rien. J'opère seul. Je ne juge pas nécessaire de lui fournir une quelconque explication.

14

Dernière lubie de M. Picquier : me porter volontaire au planning de la nuit de la Saint-Sylvestre. Cela ne devrait pas poser de problème, ça ne se bouscule pas au portillon. Je sais trop ce qui l'attend si je décline une pareille suggestion. Une coupe de mousseux bien dégueulasse et une tranche de foie gras à 18 heures. Emballé, c'est pesé. Extinction des lumières. Pour les plus téméraires, la téloche. *Sissi impératrice* et son énième rediffusion, à moins que Michel Drucker ou Patrick Sébastien n'aient préenregistré une perfusion vitaminée dont ils ont le secret. Pour un homme comme M. Picquier, le cafard assuré jusque très tôt le lendemain et toute la nuit à écouter les échos atténués de la ville qui se la joue euphorique ce soir-là. La petite nouba du personnel de garde au rez-de-chaussée se consolant comme il peut par des lancers timides de cotillons dans la salle de repos. Un début de je ne sais quoi sur Radio Nostalgie. Et surtout, éviter de sortir dans le couloir. Le blafard des appliques. Le vert pomme lumineux des issues de secours. Les chromos sur les murs. Les marines et les champs de lavande. Toutes ces croûtes.

De mon côté, ce n'est guère mieux. Je ne souhaite

pas passer le réveillon en tête à tête avec ma mère. Les copines, les copains, c'est zéro. Jamais trop senti l'mouv'. Musiques. Fringues. Alcools. Pétards. Dans les boîtes à côté de la gare. Scooter et bière sur les bords du canal. Des pilules à l'occase. Non merci. Je préfère être seul. À dix-huit ans, ça choque. Pas normal, le jeune homme. J'ai dit oui.

— Monsieur Picquier, on réveillonne ensemble ! Je vous apporte le champagne ! Première prime de Noël !

À 22 heures, au changement des équipes quand s'éclipsent les plus chanceux qui, juste le temps d'ôter leur blouse et leurs sabots de caoutchouc, filent chez eux se mettre sur leur trente-et-un, se pomponner et vite vont rejoindre leurs amis pour ne rien rater du début des agapes ; à 22 heures, chambre 28, commence la teuf. La teuf des teufs du Vieux Libraire et de son mignon lecteur.

— Fais péter le champagne, Grégoire, ou j'te viole !

Je jette un œil dans le couloir pour vérifier que Les Bleuets sont dans le coma. Une paix royale. Préambule à la paix éternelle. Les morts-vivants roupillent.

Je dégoupille une première bouteille.

— Passez-moi votre verre, monsieur Picquier. On va trinquer à votre bougeotte.

M. Picquier me passe son verre. Je le remplis à ras bord. Je remplis le mien. On trinque.

— À ma bougeotte ! qu'il gueule.

Il en renverse un tiers. On rigole. Notre contrat est génial. À nous deux, faire la foire.

— Mets-nous d'la musique. On va danser.

— Sur du classique ?

— Mais non, bêtasse. Fouille un peu. Y'a du rock. Y'a d'la pop. Y'a du folk.

Je rêve, il est déjà pété ! Je fouille un peu. Y'a du rock. Y'a d'la pop. Y'a du hard. Trust, mon pote. C'est parti, mon papi ! *Antisocial* à fond. *Tu bosses toute ta vie pour payer ta pierre tombale / Tu masques ton visage en lisant ton journal.* Verre vide à la main, assis dans son fauteuil, M. Picquier dodeline à son rythme. Au bout du lit, je me tortille. J'ai l'air d'un punk en overdose de Nutella. Je m'égosille sur le final : *Enfin le temps perdu qu'on ne rattrape plus / Antisocial, antisocial, antisocial, antisocial.* Ma blouse bleue. Mes sabots caoutchouc. *Fuck ! Fuck ! Fuck !*

— Fais péter la deuxième !

Je titube vers la table.

— Dites-moi des vers pendant que je l'ouvre.

M. Picquier me jette un œil. Il vérifie si je suis sérieux.

— Vous en savez par cœur !

Il se redresse. Non, il ne va pas se mettre debout tout de même, dans l'état où il est. S'il se casse la gueule, je tombe avec lui. Mais il m'épate. Plus digne que jamais dans son tweed, il ouvre un bras comme un tragédien grec. La bouteille me résiste. Faut dire que ma motricité pâteuse pige pas que le fil de fer, ça se détortille dans le sens contraire des aiguilles d'une montre. Minuit moins le quart. Résidence Les Bleuets. Chambre 28. Nous sommes dans un théâtre antique. M. Picquier déclame :

— Joyeuse fin d'année à toutes et à tous ! Au soleil, à la pluie et aux deux réunis ! Que votre porte soit grande ouverte aux manuscrits sauvages !

Je ne comprends rien mais en deux secondes le bouchon saute.

— Galaxiquement parlant, dans un pyjama noir château rempli de lacs en apparence, le Père Noël et sa femelle sont au possible des folies illumineuses…

One. Two. Champagne ! Le jet atterrit sur les draps. Imperturbable, sa voix pleine de rocailles avance :

— Figurez-vous qu'un jour à l'amicale des cotillons du premier de l'an, je les ai vus soûler d'arithmétique entière un très gentil garçon au cœur d'haricot vert…

Il pointe son verre sur ma poitrine et chante comme un soudard dans une taverne :

— Cotylédons couverts de mousse à raser rose…

J'assiste au spectacle sans savoir si c'est le champagne, un rêve ou une faille espace-temps dans laquelle mon cerveau dégringole. Le Vieux Libraire s'égosille :

— La force alors eh oui ! d'autant d'éclaboussures cosmo-comico-nébuleuses lui porta carrément le visage à la gorge, et dans un va-et-vient d'orgasme outang, la mer en emporta le vent, paradis soulevant des cadeaux d'éloquence que par dépit d'en faire ni queue ni tête, il prit à bras-le-corps pour acquit d'univers en criant…

Il fait une pause, je crains le pire. Arrêt cardiaque ou je ne sais quoi. Rien de tout cela, il fait une pause pour inspirer une goulée d'air avant de reprendre encore plus fort :

— L'ascenseur est en panne ! La fanfare leucémique ! Et le chou à la crème !…

Ma tête passe par vingt phases d'étonnement. Finalement je rigole. Je me détends. Plus rien ne l'arrête.

— Bref, une publicité d'oiseau n'aurait pas su mieux faire. Au point que des frissons de patchouli m'en fleurissaient la peau, c'est vraiment pour vous dire…

Là, d'un coup, il change de hauteur. Dans sa voix, dans son corps, c'est velours et crochet. Un crooner au Velcro. Il m'attrape par la nuque. Met son front contre le mien. Il se sert de ma tête comme on se sert d'un micro.

— Depuis parfois, sur certaines pistes d'aviation, une morsure faite aux nuages par un cheval en décollant rappelle encore après longtemps cet étrange garçon qui, croyant que minuit fut une heure adéquate pour compter jusqu'à douze les étoiles opportunes, se perdit de bonheur dans un bel et saignant filet d'or et de lune. Joyeuse fin d'année à toutes et à tous ! Au soleil, à la pluie et aux deux réunis ! Que votre porte soit grande ouverte aux manuscrits sauvages !

Tout s'arrête, il s'écroule. J'applaudis à tout rompre.

— C'est de qui le poème ?

Je lui tends son verre.

— Cela fait partie de mes secrets. J'ai écrit ça, je devais avoir ton âge. Remets-nous d'la musique, ça va virer souvenirs de la Grande Guerre et je déteste.

Chemise hawaïenne. Jeans délavé. Grégoire DJ, parti mais grave, je me remets aux platines. *Every breath you take*, premières mesures, Sting à la basse, premières paroles, *Every move you make / Every bond you break / Every step you take / I'll be watching you*. Oh non, il pleure ! Pleure pas, Picquier, c'est la fête ! Pleure pas, j'mets du rock ! Playlist. *Message in a Bottle. I'll send an SOS to the world*. Le champagne coule. Minuit moins une poignée de secondes.

— Un selfie, monsieur Picquier. Pour la postérité.

— Un sel quoi ?

— Une photo tous les deux.

— …

— Ensemble, qu'ça fasse pas funérailles. Mi-llé-siiiiiime !

— Mi-llé-siiiiiime !

Chhhlic. Le résultat est moche. On a des gueules de crapauds aplatis. Un bras tendu pour tenir le portable, je suis en équilibre sur l'accoudoir de son fauteuil dans lequel il est assis ratatiné, inquiet que je m'effondre sur lui si l'alcool me terrasse.

— Encore une, monsieur Picquier.

Mon décompte numérique affiche cinq-quatre-trois-deux-un, zéro-zéro-zéro-zéro ! Je l'embrasse sur le crâne.

— Bonne année, monsieur Picquier ! Bonne santé !

La chose à ne jamais dire dans une maison de retraite. Mais j'ai perdu le contrôle. M. Picquier me remercie.

— La vie t'attend, mon grand, ne rate pas le coche.

À la mimique de ses lèvres hésitant entre le sourire triste et la moue dubitative, dans mon semi-coma, je perçois son envie d'ajouter quelque chose, je ne sais pas quoi. L'année commence, j'ai tout le temps. J'attends. Mon intuition est bonne, dans un murmure à peine audible, il ouvre les vannes :

— Tu vois, j'ai passé ma vie à lire et tout compte fait, je pense avoir… (Il hésite un instant…) Je pense avoir manqué… (Il s'interrompt à nouveau…) Je pense avoir manqué *la* vie, *la* vraie.

Du peu de lucidité qu'il me reste, je m'étonne.

Pourquoi ne dit-il pas « ma vie » ? Sans doute préfère-t-il ce *la*... cette note, *la* vie, *la* vraie. Ma tête. Mes pieds. Le champagne est partout. J'ai un flash. Tout à coup, c'est flagrant – se dépêtrer de la vie m'apparaît aussi dur que tenter d'y entrer. Je n'ai jamais l'occasion d'en parler. C'est le moment.

— La *vraie* vie, monsieur Picquier, ce serait quoi ? Moi, j'ai peur de la vie. Ça vous faisait ça aussi, à mon âge ?

L'ambiance retombe. Carrément.

— Évidemment ! J'étais tétanisé à cette idée d'avoir tout ce temps devant moi sans même savoir ce que je pourrais faire. C'était devant moi. C'était sans fin. Ça puait le vide. Non, pire que ça, ça puait l'ennui. Sur ce plan-là, je ne me suis pas trompé, les trois quarts de ma vie, je me suis emmerdé. Aimer les livres, bon OK, en façade, c'est joli, c'est gentil. Mais passer ses journées à les vendre, ça tue l'amour ! Faire du chiffre ! Dégager des salaires ! Les commandes, les livraisons, le rangement, la compta.

Oh là ! Qu'est-ce qu'il nous fait, le Vieux Libraire ?

— Monsieur Picquier, c'est le premier jour de l'année, je ne vous demande pas de me faire le bilan de votre exercice comptable.

Ça, c'est ce que j'arrive à lui dire dans ma tête, mais le champagne fait barrage. Même plus la force d'articuler. Je laisse couler.

— Les rentrées littéraires. La pression qu'elles te mettent. Faire semblant d'avoir lu. Conseiller des bouquins dont tu ne connais même pas la première ligne. Heureusement, le conseil au client, j'ai toujours aimé ça. Je peux même dire que j'étais doué. Une cliente, écoute ça comme c'est beau : « Je me sens bien chez vous, vous êtes mon esthéticienne. » C'est pas mal ? Parce que vraiment, quoi qu'on en dise, je les aime, ces enfoirés de bouquins. Ils nous corrigent un peu le portrait. T'as vu nos gueules ? Et n'essaie pas de me faire dire que je les préfère aux gens, aux vrais. Jamais, t'entends !? Parce que les livres, les gens, les deux ça marche de pair. Vrai-faux. Ensemble. La vie.

Dans une posture de tragédien en panne de texte, voix en suspens, il me regarde, l'index menaçant. Il me fait l'impression d'un poivrot qui se bat tout seul contre la lune. J'éclate de rire. Je suis par terre, la tête à la renverse sur l'accoudoir de son fauteuil. Je ne vois plus rien. Il me caresse les cheveux d'un geste à la fois tendre et rageur.

— La vie. La seule qui compte. Ce n'est pas libraire. Non. Foutaises. La seule, la vraie vie qui compte pour moi, c'est le voyage, c'est la route, le chemin, *L'Ittéraire Bis*, la seule adrénaline qui puisse tromper l'ennui, le vide, à pied, en bagnole, en train, comme tu veux. Avancer. Je n'en reviens pas de m'être laissé piéger dans ce trou à rats. Je suis vraiment con. Ça s'enchaîne. Tu laisses faire et *crac*, la porte de la chambre 28 se referme sur toutes tes illusions. T'es pas mort mais tu ne vis plus. Tu pourris des ischions. Ah ! cet amour du mouvement que j'ai eu et que j'aurai toujours, jusqu'à la fin. Nom de Dieu. Grabataire. Tu parles d'un mot. J'ai vécu sédentaire et je finis grabataire. Quel parcours ! Grégoire, ne rate pas le coche ! Lis Whitman, Jack Kerouac, Jack London, *L'Usage du monde* de Nicolas Bouvier. Fais-moi ce plaisir.

Je suis une algue avec des bulles autour de la tête. Sa

colère ne percute pas mes neurones, au contraire elle me berce. Lâche tout, Picquier, personne ne t'écoute.

— Pour être sincère, j'ai très envie de mourir et le plus tôt sera le mieux. La plaisanterie a assez duré. Après, je pense être comme tout le monde. Oui, j'ai peur de mourir. C'est une angoisse légitime. Tu passes d'un état à un autre sans savoir ce qui t'attend de l'autre côté. Cela me serait tellement plus confortable de croire en quelque chose, de savoir qu'après la mort j'ai le choix entre l'enfer, le purgatoire ou le paradis. Toutes ces conneries qui m'ont soûlé quand j'étais jeune. Malheureusement, je ne crois en rien. Ni rien ni personne n'est parvenu à me convaincre qu'il existerait une puissance supérieure, un grand tout, une divinité quelconque, appelle-le comme tu voudras, qui régirait nos âmes. Parce que je crois en l'âme, mais à quoi bon ? Non, ce qui me met le plus en rogne dans cette affaire, c'est de laisser derrière moi des envies, des projets que je ne pourrai plus jamais accomplir, des dizaines de conflits que j'ai jamais su régler et qui me laissent un sale goût dans la bouche, tous ces cons que j'ai croisés auxquels j'aurais aimé casser la gueule et puis tant de regrets, quand j'y pense, que je préfère ne pas me repasser le film, ça me ferait du mal pour rien. Que ce soit en amour, en affaires dans le boulot, dans le désir de connaître tout ce qu'il y a à connaître pour le plaisir de savoir, je ne te dis pas les occasions ratées. Mais réussir sa vie, c'est quoi au juste ? Tu peux me le dire, toi qui commences la tienne ?

— …

Ma tête a dû rouler sur ses genoux. Je ne sais pas. Il me semble que je dors.

— Pour toutes ces raisons, même si je n'ai plus beaucoup de marge, je regarde encore devant. Pour me consoler, tu es là, tu poursuis. Je n'ai pas d'enfants. Les gamins, quand c'est pas trop pourri, ça rassure au moment de t'en aller. Tu te dis que ton jus de couille trace sa route dans le bizness. Bon, ici, j'en connais, quand tu vois le niveau de leurs enfants, tu te dis que t'as bien fait d'être pédé. Comment mourir en paix avec toute cette colère ? Cette vanité qu'on a de s'estimer comme un marqueur incontournable dans la chaîne du vivant. Avant soi, pas grand-chose. Et après ? *No future*. Bien sûr que si, il y en a du *future*. La bonne blague.

Ça dure. Ça dure comme ça. Combien ? M. Picquier. Le Vieux Libraire et son mignon qui ronfle. Dans mes cheveux, les doigts d'un vieux monsieur. Le sommeil d'un fêtard bienheureux. Quand je me réveille, je ne reconnais pas la chambre. Une princesse black me passe un gant d'eau froide sur la tête. Elle me tapote le front.

— Tu commences bien l'année, toi !

Grognements incompréhensibles. La traduction arrive :

— Qu'est-ce que je fous là ? Comment je suis arrivé là ? T'es qui ?

Je me frotte les cheveux pour me rappeler. Le blanc. Dialika, c'est son prénom. Dialika me file l'info :

— T'as tout cassé avec le vieux. T'inquiète, il dort.

Je me relève sur mon séant. Quelques secondes de panique. Je dessoûle.

— Faut pas que Masson l'apprenne. C'est pas le moment que je me fasse virer.

— Ce serait dommage, me souffle-t-elle, je viens d'arriver. Remets ta blouse. Tiens, tes sabots.

Incroyable ! Je me prends une cuite avec un mec de plus de quatre-vingts ans et je me réveille dans les bras d'une princesse noire qui m'embrasse sur la bouche pour fêter le nouvel an. Ça me rappelle un poème – *« Joyeuse fin d'année à toutes et à tous ! Au soleil, à la pluie et aux deux réunis !… »* D'où ça sort, ce truc-là ? J'ai dû entendre ça quelque part. Sais plus où.

15

Dialika travaille ici depuis le 1er décembre. Croisée peut-être une ou deux fois sans faire gaffe, absorbé comme je l'étais par le spectacle de Noël. C'est malin, à côté de Dialika, la lecture, franchement…

Dans la salle de repos, je lui demande de lâcher ses cheveux. Pour le faire, elle relève ses bras. Sous sa blouse blanche, ses seins remontent et en frottant la cotonnade, ses tétons manifestent.

— Qu'est-ce que tu regardes ?

— Tes cheveux, camarade infirmière. Absence de soutien-gorge, ça peut coûter très cher.

— Par exemple ?

— Je t'enverrai la facture par SMS. À tchao. M. Picquier n'est pas en forme, ce n'est pas le moment de le laisser seul.

SMS et lecture. Dialika/Jack London. *Martin Eden* à ma droite. Belle pointure de roman mais le match est truqué. Dialika à ma gauche, c'est le top du gotha. Je m'entraîne à lire en pianotant mes SMS. Cela requiert une grande maîtrise du champ visuel et un cerveau coupé en deux. Qualités essentielles pour qui prétend lire à voix haute. Autant dire l'argument qui tue le match. Le Vieux Libraire s'incline. Parfois, il s'impatiente. D'une manière générale, il comprend qu'il y a le feu.

« Chambre vide au troisième. N° 31. Jé la clé. Dia »

« *Yes !* 31 à 18. Greg »

18 heures. Règle *number one*. Être discrets total, sinon, sans préavis, la porte. Nous sommes discrets. Règle *number two*. De la chambre, Dialika me balance le feu vert. M. Picquier sourit.

— Ça va aller pour aujourd'hui. Jack London peut attendre. Demain, tu essaieras d'être un peu plus concentré.

— *Yes ! Yes ! Mister* Picquier ! *See you*…

Dans le couloir, l'escalier, l'air de rien, je cavale comme un dingue. 31 à 18. 31 à 18. J'ouvre la porte de la chambre 31 ; 18 heures. Elle est là. Souriante. Une plage de sable fin dans un décor sans âme. La pièce attend sa prochaine victime. Personne ne sort d'ici vivant. C'est comme ça. Mais pour nous, tout le contraire. La 31, c'est notre nid. Notre repaire de trafiquants. On y refait la vie en quinze minutes chrono. Bien souvent en moins que ça. La règle *number three*, la plus intransigeante, jamais lâcher le bip. Toujours l'avoir à l'œil ou à l'oreille. Ça met autant de pression qu'un jeu vidéo. Le principe de la maison, c'est de répondre dans la minute qui suit le déclenchement de l'appel. Soixante secondes plus une, t'es mort. C'est génial. Tu ne te désapes jamais. Tu ouvres tes fringues contact maxi en dégrafant, déboutonnant mini. Parfois, t'es prêt à jouir ou tu viens de jouir et *zonzon-zon,* la lumière rouge clignote. On râle. On pouffe. Sans jamais faire plus de bruit qu'une luciole en parade. Catimini caresses. Elle m'attouche. On s'attouche. Elle renfile sa culotte. Les boutons de la blouse. Soixante secondes plus une. La voilà digne du grand mythe de l'infirmière délicate et dévouée.

— Oui madame, vous avez appelé ? Qu'est-ce que je peux faire pour vous ? Je sens l'amour ? Je pense que c'est normal, Grégoire vient de me faire la lecture. Je l'adore.

L'amour. L'envie d'aimer. D'être aimé. Par quel bout que ça se prend ce truc-là, monsieur Picquier ? Qu'est-ce qu'ils nous disent, les livres ? Ils disent rien ! Rien ! Compte pas sur eux pour t'apprendre pourquoi chaque fois que tu croises Dialika dans le couloir, ça bouge autant dans ta poitrine que dans ton jean. Et qu'elle sait que je sais qu'elle le sait. Que tout passe dans nos yeux. Qu'on se touche sans se toucher en se passant une bouteille de Coca.

— T'écoutes quoi comme musique ?

Dialika me tend un écouteur. Je tire le fil. Vingt centimètres. Mes cheveux roux très courts au plus près de ses cheveux longs crépus. Elle écoute son idole. Tiken Jah Fakoly. Même pas le temps de m'en parler. Nos bouches s'attrapent. Ne se lâchent plus. Il y a dix jours, j'étais puceau, j'éjaculais dans tous mes rêves. Moins d'un an que je travaille aux Bleuets, je suis prince et amant d'une jeune femme plus âgée de dix ans. Je découvre Vénus et ses points culminants. Territoires callipyges. Je m'épuise les yeux. Je m'épuise les mains. M. Picquier m'enseigne la lecture. Dialika, la géopolitique.

Dialika est infirmière. Mme Masson la paye au tarif auxiliaire. Les deux parties sont d'accord. Avantage aux Bleuets. Un tiers moins payée que les autres mais dix fois mieux payée qu'à Dakar au même poste. Elle envoie une partie de son salaire à sa mère très âgée, me dit-elle. Pour ma part, je m'interroge où il vaut mieux vieillir, ici aux Bleuets ou sur les bords du fleuve au Sénégal. Quand je lui pose la question, Dialika m'avoue être choquée par le sort qui nous est réservé quand on ne sert plus à rien dans notre société soi-disant avancée. Cette façon que nous avons de réunir nos anciens hors la vie du village, du quartier où se trouvent leurs attaches matérielles et humaines, de les parquer hors-sol comme nous faisons, et surtout notre façon d'exploiter la fin de vie en créant des services comme on gère des produits. Pas un instant elle n'imagine vieillir en France.

Ses démarches pour obtenir l'équivalence de son diplôme sénégalais sont au point mort. Originaire de Dakar, elle a profité d'un échange entre l'école où elle était et une école au cursus identique à Marseille. Les deux villes jumelées organisent ce type d'opération une fois par an. Le voyage est payé ainsi que les frais de séjour. À l'issue des trois semaines, Dialika avait prévu qu'elle resterait illégalement en France, se débrouillant comme elle pourrait pour obtenir vrai-faux permis de travail, carte de séjour et Saint-Graal de l'immigré clandestin – un mariage blanc avec un natif de souche ou d'adoption de la famille élargie pour décrocher sa carte d'identité estampillée *République française*. Cinq longues années de rebuffades et de galères dont elle ne parle jamais. « Je regarde devant ! » dit-elle.

16

Les mots du Vieux Libraire sont ceux d'un pro s'adressant au futur impétrant. Les mots d'un entraîneur souhaitant que son athlète atteigne le haut niveau.

— Je te promets que bientôt tu liras douze heures non-stop comme tu respires !

Mes lectures de salon, comme les appelle la directrice, regroupent une vingtaine de personnes, jamais plus, essentiellement des auditrices. La part masculine du public est réduite à sa portion congrue pour deux raisons : la première, ils ne prêtent qu'un intérêt distrait à ces « histoires pour femmes », et la seconde, du fait que les hommes vivent moins longtemps. Sans avancer que cette dernière découle de la précédente, M. Picquier cite à l'envi Christian Bobin : *« Tant que quelqu'un nous parle, mourir est impossible. »*

En comptant les familles en visite, mon auditoire grimpe parfois à vingt-cinq spectateurs. Je m'installe dans le salon devant l'écran de la télé que j'éteins au préalable. Mme Giroud et son amie Mme Morel, obligées à présent de descendre d'un étage, regrettent nos séances en petit comité dans la chambre du Vieux Libraire. Le privilège de cette intimité n'est pas du goût de la direction. Ou bien tout le monde en profite ou personne. Le compromis n'est pas sorcier, une fois par jour, lecture pour tous dans le salon, et pour le temps qui me reste, lecture en tête à tête, de chambre en chambre, pour les personnes qui ne peuvent plus se déplacer. En quelque sorte, je suis victime de mon succès, je lis non-stop et Jérémy, le médecin des Bleuets, ne s'y trompe pas : avec l'accord de Mme Masson, il prescrit mes lectures comme on prescrit des antidépresseurs.

— Oh, vous, dit-il à l'une ou l'autre qui sombre dans la neurasthénie, je sais ce qu'il vous faut ! Je vous envoie Grégoire !

Va pour Grégoire. Bouquins sous le bras, j'y vais et je lis tout sans distinguo. Le journal, la météo, le saint du jour, les décès, les naissances, les mémoires de de Gaulle, et les lettres d'amour qu'on me sort des tiroirs, une fois un courrier de rupture. Je lis tout ce qu'on me demande et bien sûr, les valeurs montantes de mon jeune répertoire. Maigre encore, certes, mais tout de même il s'étoffe, et sur ce point, le Vieux Libraire n'en démord pas.

— Une belle voix sans répertoire, ça ne vaut rien. Le répertoire fait le lecteur. Prends ton temps. Pas d'impatience. Roman après roman, recueil de nouvelles après recueil de nouvelles, tu vas trouver des perles correspondant aux sujets qui te touchent, toi. Commence par explorer tes propres goûts. On ne lit bien que ce qu'on aime. Tu sélectionnes les textes drôles ou sérieux que tu souhaites partager, et peu à peu, s'élabore une toile au centre de laquelle tu peux te promener comme bon te semble. Et alors tu composes des programmes par genres ou thématiques, régions du monde ou noms d'auteurs. Toutes les combinaisons deviennent possibles. Tu vas très vite te prendre au jeu. C'est passionnant de voir comment les textes se parlent entre eux. Comment d'un mot, tu penses à tel ou tel paragraphe de tel autre livre lu précédemment. Considère la littérature comme une œuvre collective qui ne cesse de déferler d'elle-même en renaissant chaque fois de ses reflux. Si d'aventure elle est en prise avec la vie, là, tu touches au chef-d'œuvre.

Aujourd'hui, quand le médecin fait sa visite au Vieux Libraire, à sa rituelle prise de tension et ses questions traditionnelles – « Mangez bien ? Dormez bien ? Allez bien à la selle ? », il ne peut s'empêcher d'ajouter :

— Joli travail, monsieur Picquier, avec votre jeune élève, encore six mois et on supprime les pharmacies.

— Te tracasse pas, on ouvrira des librairies.

Au salon, je lis trois quarts d'heure. La plupart entendent mal, je ne lis pas, je m'époumone. Actuellement au programme, la série des Pagnol.

Saison 1 – *La Gloire de mon père*

Saison 2 – *Le Château de ma mère*

Saison 3 – *Le Temps des secrets*

Saison 4 – *Le Temps des amours*

Hollywood à côté, c'est mesquin. D'une séance à l'autre, ils oublient tout. Je rappelle les faits. Qui est qui dans la famille du petit Marcel. Glissant ainsi, sans le savoir, de mon rôle de lecteur à celui de conteur, quand parfois je ne passe pas à celui d'acteur en incarnant le père, la mère ou l'un des deux aïeuls.

Dans le salon des Bleuets, résidents, proches en visite et collègues s'esclaffent, commentent et rigolent bruyamment.

M. Picquier n'assiste pas à mes lectures.

— Trop de fatigue ! me dit-il.

Mais pour juger de mes progrès, il se renseigne. Redoutable, il questionne mes collègues. N'y ont-ils assisté qu'une seconde, M. Picquier ne les lâche plus. M'a-t-on bien entendu ? Jusqu'au fond de la salle ? Ai-je mis le ton quand il fallait ? Ont-ils vu les personnages ? Le décor ? Les scènes ? Les familles ont-elles apprécié ? M'a-t-on applaudi ? La séance était-elle assez longue ? Fallait-il l'écourter ? Quelle histoire avaient-ils préférée ? N'en avais-je point trop fait ? Avais-je laissé le texte vivre sans prendre toute la place ? Car à l'inverse du conteur ou de l'acteur qui doit crever l'écran pour incarner son double, il ne jure que par l'idée d'une présence transparente du lecteur disparu corps et âme dans les mots qu'il projette. Seul le livre, irradiant.

Le plus beau compliment ? C'est Chantal, ma collègue des cuisines, qui me le fait. Quand elle peut, son service terminé, elle écoute. Pas longtemps, y'a ses gosses qui l'attendent.

— J'ai tout vu Grégoire, oui, j'ai tout vu. La grand-mère, le grand-père, le voyage à Paris. À la fin quand je me suis réveillée, parce que c'est ni plus ni moins que de l'hypnose ton histoire de lecture, quand je me suis réveillée et que j'ai compris que c'était toi qui nous emmenais où tu voulais, je me suis dit que t'étais doué ! J'ai failli oublier mes gamins, tu te rends compte !

Ce soir, au dîner, Mme Raynaud rompt son silence. Elle est en aphasie totale depuis de longues semaines, et il semblerait que ma lecture faite au salon ait réouvert une petite porte par laquelle se faufile jusqu'à nous un mot, un seul.

Elle est à table, assise à sa place habituelle, près de la baie vitrée qui donne sur le parc des Bleuets. Les mains de chaque côté de son assiette, elle attend qu'on la serve, les yeux fixes sur le bout de sa fourchette. D'une voix pratiquement inaudible, comme ça, en boucle, hochant la tête d'avant en arrière, elle répète : « Tailleur, tailleur, tailleur. » Peu nous importe de savoir quel sens elle prête au mot. « Tailleur de pierre », comme dans le texte de Pagnol, précisément ? Ou bien « tailleur/confectionneur ? Tailleur/l'habit » ? Ou qui sait « tailleur du conte *Le Petit Tailleur* » ? M. Picquier triomphe :

— Quand je vous dis que les livres nous parlent au plus profond (il se moque du médecin), sans te fâcher, mon petit Jérémy, ni fâcher qui que ce soit, loin de moi l'idée de bouleverser la politique du ministère de la Santé, mais excuse-moi, avec Grégoire, on vous le rebouche le déficit de la Sécu. Aux chiottes, vos molécules ! Vive la lecture ! Grégoire, on ne change rien ! Tu n'oublies pas. De l'empathie, de l'empathie pour ton public ! Tu notes toujours tes temps de lecture ?

Mon carnet de notes, je repense au lycée. Comme ce cauchemar me semble loin. Mon carnet de notes, c'est mon journal de bord. Sur les conseils du Vieux Libraire, je démarre toujours technique. Presque télégraphique. Date. Heure et lieu. Salon. Chambre n°… Mme Unetelle. M. Untel. Puis, à l'exemple de Guy de Maupassant qui ouvre souvent ses nouvelles par un point météo, j'écris quelques mots sur le temps. Cela sert de repères mémoriels avec certaines personnes sensibles à la lumière du ciel : « Souvenez-vous, quand je vous ai lu ce poème de Jacques Prévert, il faisait un soleil ! » Ou : « C'était ce soir d'orage, quand la nuit est tombée d'un seul coup. » En fait, ça marche pas mal pour moi, sinon je mélange tout. Les jours. Les personnes. Les lectures.

Pour les textes, je note les titres, le nom des écrivains, celui de leur traducteur. Le Vieux Libraire m'a appris à toujours les citer, pour honorer la part qui leur revient. Sans eux, sans ce travail de passeur d'une langue à l'autre, ces œuvres nous resteraient à jamais étrangères. Avec mes mots, je transcris ses conseils.

— Je te l'ai déjà dit, mais j'insiste, n'engage jamais tes auditeurs sur une durée trop longue. Sache que c'est dur d'écouter. Surtout ici. Tout est usé. Et s'ils s'endorment, laisse-les dormir. Que ta voix en atteigne un sur dix, c'est gagné. Porte haut, mon garçon ! Tu n'es plus dans ma chambre. Tu dois faire du cinoche. Dis-toi que si tu vois ce que tu lis, forcément, ils verront ce qu'ils entendent. À chaque fin de lecture, tu dois avoir des courbatures aux yeux. Articule ! Fais voir tes joues ! Approche tes lèvres ! Tu manques de muscles ! Tu dois être un athlète !

Il est dur, mais d'une grande bienveillance. Grâce à lui, je progresse. Pour l'instant, pas un livre qui ne soit de son choix. Je suis une « voix armée » comme on le dit d'un bras. À la fin de l'hiver, mes cordes vocales sont plus musclées que mes cuisses. Mais l'essentiel me manque encore. Sur la durée, le souffle me manque.

— Ventile, Grégoire ! Ventile ! Le gainage abdominal !

— Quel rapport ?

— C'est de là que ça part, tente-t-il de m'expliquer. Il pointe l'index sur mon diaphragme. Le pneuma. Le vent. La colonne d'air. Ton haleine doit puer la syntaxe comme certaines puent l'oignon ou l'alcool. Toi, ton souffle, ton pneuma est vecteur des outils de la langue. Des voyelles, des consonnes. Les voyelles sont le chant. Les consonnes sont le sens. Rhétorique de base. Tu transportes tout cela. Mais ce ne sont que des symptômes. La cause, elle, est enfouie ; et pour qu'elle sorte, qu'elle voyage loin, qu'elle se partage, il faut le souffle. Ici à la ceinture abdominale, comme quand tu cries du bout du bout de la terre face au noir sidéral : « Y'a quelqu'uuuun ? »

— Monsieur Picquier, soyez plus clair. On est d'accord, je manque de souffle. Dans votre chambre, face à face, à si peu de distance, tout va bien. Au salon, sans micro, je m'épuise.

— Est-ce que tu aimes nager ?

— Oui, c'est clair ! Je suis un gosse du canal, vous savez.

— Pour le souffle, faut nager.

— En hiver, je ne vois pas où, la piscine est fermée.

— Dans le canal !

— Vous êtes fou ! ?

— Tu t'achètes des lunettes, une combi de plongée. Si tu veux, je te les paye.

Il est fou.

17

Dimanche matin. 10 heures. 24 février. Température extérieure : cinq degrés. Un an et trois semaines que je travaille aux Bleuets. C'est mon jour de congé. Malgré cela, rendez-vous dans le hall. Col de pelisse jusqu'aux oreilles, chapeau de feutre gris clair sur son crâne dégarni, M. Picquier m'attend dans son fauteuil. Bref bonjour. Il est tendu. Moi, concentré.

Direction le canal. L'arrière du bâtiment au bout du parc donne sur le chemin de halage. Dialika est d'astreinte. C'est elle qui l'a habillé.

— M. Picquier ne voulait pas mettre son chapeau. Dis-lui qu'il est superbe avec !

D'humeur maussade, je ne réponds pas, je pense plutôt à ce qui m'attend, mais rien n'entame son enthousiasme.

— M. Picquier est absolument génial de vouloir t'entraîner. M. Picquier, lui, n'a pas peur des mauvaises langues.

Comme nos visages restent fermés, Dialika nous rabroue gentiment :

— Oh, les garçons, vous faites la tête ?

Dialika, ma Colline de douceur, mon Vallon de gentillesse, ma Clairière généreuse, je t'adresse le plus craquant de mes sourires avec mes petites fossettes qui se creusent de chaque côté de mes lèvres. Tiens, ma Charmante.

— Bien sûr que non, on est à fond, voilà tout !

— Oui, je vois ça !

Au moment de franchir le portail, je lui dis :

— N'attrape pas froid, on sera de retour vers midi. Ça ira ?

Deux coups de poing complices sur le haut de ma poitrine.

— Ça ira !

Trente secondes de silence. Mes prunelles dans ses yeux. Le Vieux Libraire :

— Oh, Grégoire, on y va ?

— Oui, oui, on y va…

Le canal est noyé dans la brume. Les feuilles mortes de l'automne collent aux roues. Le chemin par endroits est boueux. Péniblement, je pousse M. Picquier. Le Vieux Libraire se tait. Il écoute : le gravier sous les pneus, le silence s'ouvrir, se fermer derrière nous, le goutte-à-goutte des branches tomber et le chuintement de ses pensées. Nous approchons du lieu que j'ai repéré pour l'entraînement. En venant de la maison, j'ai déposé mon équipement à l'écluse des pêcheurs. Aujourd'hui, nous serons seuls.

Soudain j'avoue, faussement enjoué :

— Ouh, dis donc, fait pas chaud !

Le Vieux Libraire reprend la main :

— Tu sais ton texte ?

Un texte de quarante-six alexandrins signé Victor Hugo – *Écrit après la visite d'un bagne*, que je rabâche depuis deux semaines. Il faut que ça sorte sans que j'y pense. Il a confiance, ça va sortir. Moi aussi, j'ai confiance.

Avant cela, arrivé sur le spot, je me tortille comme un dément pour me glisser dans ma combinaison de plongée toute neuve. J'ai super froid. Quand je suis prêt, le Vieux Libraire s'éloigne de moi pour voir l'allure que j'ai dans ma tenue de combat. Je lui fais un sourire. Il me fait un clin d'œil. Je m'assure que son frein est bien mis. Ce serait con qu'il finisse dans le canal. Il proteste :

— T'occupe pas de ça ! C'est mon affaire.

Dans ce cas, j'y vais. Je franchis les roseaux et, degré par degré, je descends. La berge est instable. Beaucoup de vase. J'enfonce aux genoux. À mi-cuisse, je regarde le vieil homme.

— Oh, putain, elle est froide !

Je rigole pour me donner du courage.

— T'es pas pressé. Vas-y doucement ! me lance le Vieux Libraire.

Je sens chez lui un bref sursaut. Seulement maintenant lui saute aux yeux ce que notre entreprise implique de folie. Mais mon volontarisme le rassure. L'eau à présent m'arrive aux hanches. L'eau m'arrive aux épaules. Son étreinte glacée, peu à peu, se desserre. Se réchauffe au contact du corps et m'enveloppe de tiède. Merci le Néoprène. Les deux écluses entre lesquelles j'ai décidé de m'entraîner sont distantes de trois cents mètres.

— Monsieur Picquier, je m'échauffe un peu !

— OK ! OK ! (Il opine du chef.) Moi aussi ! me crie-t-il, en se frottant vigoureusement les genoux, les bras, le buste et les épaules.

Pourvu qu'il n'attrape rien.

Pour satisfaire à l'exercice que le Vieux Libraire souhaite me faire faire, j'y vais doucement, je m'allonge au milieu du canal et je fends son miroir immobile. Brasse coulée. Appliquée. Silencieuse. Mes mains poussent une ride qui dessine un triangle jusqu'aux rives tenant l'eau limoneuse sous son banc de brouillard. Ses fumerolles, un instant bousculées, se reforment derrière moi. Je me sens disparaître, à moi-même, au décor. Présent-absent. M. Picquier n'a pas pu suivre, il m'attend. Demi-tour. Je le devine à nouveau derrière mes lunettes ruisselantes. L'eau est trouble. Il fait gris. Je m'en fiche. Dedans-dehors au diapason de l'eau et du brouillard, je lui fais signe. C'est OK. Pouce levé. L'exercice commence.

Il est simple. Brasse coulée. Hors de l'eau – inspirer. Tête sous l'eau – déclamer les douze pieds du premier alexandrin d'un seul tenant en projetant vers le fond. Expirer ce qui reste. Hors de l'eau – inspirer. Tête sous l'eau – déclamer les douze pieds du deuxième alexandrin et tous les autres à suivre sur le même principe. M. Picquier me certifie que si je souffle avec puissance, il peut entendre le texte depuis la berge. J'en doute. Nonobstant, *I am ready et j'y go*. Tête sous l'eau – *« Chaque enfant qu'on enseigne… »* – bulles, bulles, bulles – *« … est un homme qu'on gagne… »* – bulles, bulles, bulles, goulée d'air, tête sous l'eau – *« … quatre-vingt-dix voleurs sur cent qui sont au bagne… »* – bulles, bulles, bulles, goulée d'air, tête sous l'eau – *« … ne sont jamais allés à l'école une fois… »* – bulles encore, goulée d'air, tête sous l'eau – *« … et ne savent pas lire, et signent d'une croix… »* – goulée d'air… goulée d'eau.

Une poule d'eau, fort surprise du raffut que je fais en ce dimanche matin, pétarade sous mon nez, bec en proue, pattes dans l'eau. La pétoche de ma vie. Aussitôt, je me redresse, je patouille et je tousse comme un chien paniqué. Le Vieux Libraire, d'où il est, ne voit rien. Il s'inquiète :

— Tout va bien ?

— Une poule d'eau !

— Dis-lui que c'est du Victor Hugo.

— Excusez-moi, monsieur Picquier, je crois qu'elle s'en bat les… z'ailes.

— Lâche-toi, Grégoire, avec moi tu peux dire couilles !

Agacé, je me mets à crier :

— Monsieur Picquier, je crois qu'elle s'en bat les couououiiilles de votre Victor Hugo, la poule d'eau !

— Super ! Super ! On n'a pas toujours le public qu'on voudrait. Reprends !

Le froid me gagne. Je serre les dents. Debout dans l'eau, sans avancer, je me récite la deuxième strophe : *« Dieu, le premier auteur de tout ce qu'on écrit, / A mis, sur cette terre où les hommes sont ivres, / Les ailes des esprits dans les pages des livres. / Tout homme ouvrant un livre y trouve une aile, et peut / Planer là-haut où l'âme en liberté se meut. / L'école est sanctuaire autant que la chapelle. / L'alphabet que l'enfant avec son doigt épelle / Contient sous chaque lettre une vertu ; le cœur / S'éclaire doucement à cette humble lueur. / Donc, au petit enfant donnez le petit livre. / Marchez, la lampe en main, pour qu'il puisse vous suivre. »*

C'est bon, j'y vais. Impulsion. Je bascule. Bras tendus. Jambes tendues. Tête dans l'eau. Je m'allonge.

Une brasse. Deux brasses. Croyant laisser le Vieux Libraire à l'arrière dans la brume, d'un coup d'œil hors de l'eau, je vérifie si pour lui tout va bien. Qu'est-ce que je vois ? Mon Picquier sur le chemin de halage, tête baissée, mains aux roues et qui tourne et qui tourne pour se maintenir à ma hauteur et me gueuler d'une voix de meneur de galère :

— Dehors ! Dedans ! Dehors ! Dedans ! Vas-y ! Victor t'écoute !

Je déclame et je nage. Inspirer l'oxygène. Expirer le poème. Échange gazeux. Et par effet de suroxygénation, ma tête se met à tourner. Je suis stone. Shooté raide. Une seconde. Je secoue mes neurones. Je respire normalement. À nouveau, je contrôle. Je regagne la rive. Frigorifié, à quatre pattes, le souffle court, je sors de l'eau, comme je peux, je me hisse sur la berge. Je parviens non sans mal à retirer ma combi de plongée. M. Picquier roule à ma rencontre.

— Tiens, ta serviette ! N'attrape pas froid. Tout le monde me tomberait dessus.

Je me sèche. Tout mon corps tremble. Je claque des dents. J'articule à grand-peine :

— N'ayez pas peur, monsieur Picquier ! J'aime vraiment ça !

Du sac posé sur ses genoux, il sort une Thermos que Dialika a préparée. Du thé chaud et sucré. Génial ! Je me rhabille du plus vite que je peux. M. Picquier essaie de dévisser le bouchon de la Thermos. Énervé par ses mains qui tremblent, il renonce.

— Sers-toi tout seul ! Même ça, j'y arrive plus.

Ça l'énerve. Le cul par terre, assis sur mon sac de sport, je finis de lacer mes chaussures. Puis, tasse de thé en main, j'écoute mon sang battre. Une impression, très forte, d'être vivant partout des cheveux jusqu'aux pieds. 11 h 30. Encore trop sonné pour formuler quoi que ce soit. Apparemment, le Vieux Libraire veut dire quelque chose mais ça ne veut pas sortir. Je vois ses lèvres qui marmonnent. Sa mémoire cherche. Ça y est, ça sort :

— « *... Les voix de l'eau sont à peine métaphoriques, le langage des eaux est une réalité poétique directe, les ruisseaux et les fleuves sonorisent avec une étrange fidélité les paysages muets, les eaux bruissantes apprennent aux oiseaux et aux hommes à chanter, à parler, à redire, il y a en somme continuité entre la parole de l'eau et la parole humaine...* » Trouve-moi un caillou plat, dit-il sans transition.

Je regarde autour. Un bout d'ardoise.

— Voilà !

Ses mains posées sur les genoux, il tient un livre. Je lui tends la pierre. Il la prend. La jauge une seconde. La soupèse deux ou trois fois d'un petit geste de joueur d'osselets. Elle semble correspondre à son projet. Très intrigué, je le regarde. Entre les pages du livre qu'il vient d'ouvrir, il glisse la pierre comme on le fait d'un marque-page. Puis, certain qu'elle ne s'échappera pas, toujours muet, sans rien dire, il referme le livre. Bouche bée, je le regarde jeter le livre dans l'eau. À peine celui-ci ricoche-t-il du peu d'élan que le vieil homme est parvenu à lui donner. Le livre hésite. Le temps de lire son titre. Le nom de son auteur. *L'Eau et les Rêves*. Gaston Bachelard. Lesté de sa pierre plate, le livre coule à pic.

— Tu liras ça plus tard. Allez, rentrons, Dialika nous attend.

18

Célestine va mourir. L'épidémie de grippe n'épargne pas Les Bleuets. M. Picquier s'en tire à peu de frais, si je puis dire, avec une bronchite aiguë qui fait de lui un spectre. Mme Morel n'a pas cette chance.

Les campagnes de vaccination qui ont lieu à l'automne ont cela de bien qu'elles inoculent en nous la culpabilité : « C'est à toi de voir, semblent-elles dire, mais si tu n'y sacrifies pas, tu risques gros ! » Cent pour cent des résidents et cent pour cent du personnel y sacrifient. Vive la santé publique ! Sept décès au début de février. Une ruine collective au bénéfice des grands labos pharmaceutiques.

— Peut-être, s'interroge M. Picquier, une campagne d'euthanasie qui ne dit pas son nom. Le parc immobilier de la vieillesse est aussi déficitaire que celui des places en crèche. Faisons de la place. Mutualisons. Bébés, vieillards, même combat ! Unissons nos efforts. On appelle ça de « l'intergénérationnel ». Regarde, ils ouvrent de plus en plus de maisons de retraite avec une crèche incorporée. En admettant que tu te décroches un emploi dans la petite enfance ou dans la grande sénescence, tu peux bosser toute ta vie en passant de l'une à l'autre sans changer de bâtiment.

Sans prévenir, il se mure dans un silence de très courte durée.

— N'écoute pas mes conneries.

Sa colère dans les mots tente vainement de masquer sa tristesse. Ce n'est pas rien d'être voisins dans une maison de retraite. Cela crée des liens. On sympathise. On se rend des petits services. On papote courtoisement, de tout, de rien. Et depuis nos lectures dans sa chambre, une amitié sincère unissait le Vieux Libraire à sa voisine. La lecture, ça tient chaud.

Les Bleuets ne sont pas équipés pour tenir à bout de bras les personnes en fin de vie. Quand Mme Morel entre dans le coma, sa prise en charge par le service hospitalier devient inéluctable. L'ambulance garée hayon ouvert devant le hall d'entrée fait toujours son petit effet :

— Au tour de qui cette fois !?

Quelques cous décharnés se tendent. Se relâchent. Résignées, les têtes hochent. L'ambulancier referme le hayon. Démarre sans actionner ni sirène ni gyrophare, dans un aveu d'impuissance et d'inutilité, puisque d'urgence, il n'y a pas. M. Picquier est formel :

— Mme Morel n'a pas de famille, aucun parent. Elle m'a dicté ce mot. Une dernière volonté que j'ai pris le soin de lui faire parapher pour qu'il n'y ait pas d'ambiguïté. Arrange-toi avec ta directrice chérie, Mme Morel le souhaite vraiment, ce serait dommage que cette faveur lui soit refusée.

M. Picquier me tend une enveloppe blanche dans laquelle se trouve une feuille de carnet pliée en quatre. Je la déplie. Je reconnais l'écriture du Vieux Libraire au bas de laquelle figure la signature de Célestine

Morel, bien que tremblée, parfaitement reconnaissable. *« Chère madame Masson, J'aimerais que Grégoire m'accompagne en lecture aussi loin que possible. Merci. Célestine Morel. »*

— Grégoire ! la voix du Vieux Libraire déchirée par une quinte de toux, ce n'est pas le moment de pleurer !

Je ravale mes larmes comme je peux. C'est la première fois que je suis confronté à la mort d'une personne qui m'est chère. Nos rendez-vous de lecture nous ont rendus complices, peut-être à tort, d'une complicité de petit-fils et de grand-mère. Pas facile de juger de la bonne distance à garder quand chaque instant partagé vous invite à donner autant que l'on reçoit.

— Mme Morel, reprend le Vieux Libraire, n'a plus que quelques heures à vivre. J'ai demandé à Jérémy de rédiger, j'allais dire une « ordonnance », n'exagérons rien, une « recommandation ». À l'hôpital, ils te ficheront la paix.

L'info est claire et je n'entends pas tergiverser.

— Cela ne me dit pas ce que je dois lui lire !?

— Ce que tu crois qu'elle a aimé le plus depuis qu'elle écoute tes lectures. Ce qui, toi aussi, te ferait plaisir de lui offrir.

— …

Je ne réponds pas immédiatement. Je fais confiance à mon carnet de notes et, m'y plongeant silencieusement, je passe en revue titres, auteurs, thématiques.

— *Novecento : pianiste* d'Alessandro Baricco ! Je me souviens, elle avait adoré.

— Excellent choix ! Cherche pas plus loin. Combien de temps ?

Je consulte mon carnet.

— Une heure trente-cinq.

— C'est parfait !

Mme Morel avait été professeur de musique en collège, consacrant sa vie à transmettre son amour de la musique. Son amour *des* musiques. Elle essayait d'être attentive à tous les genres, bien que certains lui fissent faire une petite moue dubitative qui semblait dire :

— On ne peut pas tout aimer. Promets-moi de ne jamais le répéter, avait-elle exigé en m'avouant qu'elle détestait les musiques et les chansons dites de son époque. Tout de même, Grégoire, il y a autre chose que *La Java bleue* et *Mon Amant de Saint-Jean* à chanter. Tiens, amuse-toi à fredonner les premières notes de ces chansons innocemment comme ça en passant dans le salon. Tu vas voir, au quart de tour, ça démarre, ça fredonne et ça pleure le bon vieux temps, ça me déprime, cette ambiance de vieilles biques.

Une fois, je lui avais demandé si elle avait composé sa propre musique, interprété celle des autres, et si oui, de quel instrument savait-elle jouer. Elle m'avait confié, la voix emplie de nostalgie, que seul le piano familial dont elle s'était séparée lors de son arrivée aux Bleuets avait accueilli ses modestes velléités d'interprète. Récits, nouvelles ou romans qui avaient trait de près ou de loin à la musique la ravissaient plus que toute autre thématique. Le jazz au-dessus de tout. Elle me parla avec passion de « cette musique dite dégénérée qui traversa l'Atlantique en 1918, précisait-elle de ce ton didactique d'enseignante qui ne pouvait s'affranchir d'un métier pratiqué quarante ans. Les troupes américaines venaient sortir l'Europe de son bourbier et à l'époque, l'Europe était encore sous tutelle catholique, des principes étriqués que tu ne peux même pas imaginer. Vingt ans plus tard, en 1938, les nazis, eux, voyaient le jazz comme une musique de nègre, une musique du diable. » Mme Morel était intarissable, mais tout ce qu'elle m'apprenait de cette musique dont j'ignorais la première note m'étonnait moins que de la voir assise, là, recroquevillée dans son fauteuil, parlant d'une voix transfigurée, dans cette tenue des plus convenues de la vieillesse du coin, jupe droite, noire ou grise, je ne saurais dire, l'ourlet cousu à mi-jambe, bas de contention grimpant jusqu'aux genoux, chemisier parme de grand-mère sous une mantille écrue posée sur ses épaules, jeunesse enfuie de sa robe à pois blancs très serrée à la taille et bouffant en corolle de la taille aux genoux, que le swing l'invitait à porter les samedis soir et dimanches dans les clubs où se jouait la folie à la mode, la folie de ses vingt ans. Je ne pouvais comprendre ce naufrage qui ne trouvait compensation que dans le temps compté d'une lecture en face à face. Elle n'aimait pas les lectures faites au salon. « J'aime bien t'avoir pour moi toute seule ! »

19

Le lendemain. Hôpital Ambroise-Paré. 15 h 25. Mme Morel est seule. Au même instant, Grégoire Gélin. Présent-présent. Encore plus seul. Du moins est-ce l'impression que j'ai à quelques mètres de sa chambre. Mme Masson et Jérémy ont validé sa dernière volonté. L'hôtesse d'accueil, les infirmières, les deux médecins gérontologues de l'hôpital sont au courant. Depuis mon arrivée au bureau des entrées jusqu'à cette pièce blanc immaculé, c'est comme un long tapis qui se déroule à mon approche. Je suis le jeune lecteur des Bleuets qui vient faire la lecture à Célestine Morel. Chacun à sa façon m'adresse un signe de connivence. Certains me regardent circonspects, considérant peut-être que le geste a du panache mais qu'à leurs yeux on pourrait s'en passer. « Vous savez, tout va bien. La morphine fait son travail. Elle ne souffre pas et au regard de ses courbes, la petite dame ne devrait pas tarder à fermer la boutique. » Dit comme ça, ça paraît un peu cash, mais je ne pense pas être loin de la vérité. Mme Morel peut s'estimer heureuse de ne pas mourir sur un brancard posé là à la va-que-je-te-pousse dans le couloir des urgences.

L'infirmière qui m'accompagne vérifie que tout va bien au niveau des machines.

— Si vous avez besoin de moi, vous pouvez m'appeler en appuyant ici.

Elle me montre une poire sonnette qui pend à la tête du lit, puis m'adressant un petit sourire dubitatif :

— Je vous laisse.

Elle se retire. Elle ferme la porte derrière elle. Mme Morel n'a pas bougé. Comme un couillon, je reste planté entre la porte et le pied de son lit sans dire un mot pendant un siècle. M. Picquier m'a conseillé d'être naturel. Ben voyons. Rien de plus facile.

— Bonjour, madame Morel.

— …

Ma voix est fausse. Totale foirée. Ça commence bien. Comme si j'étais dans l'embarras de laisser un message sur le répondeur d'une personne que j'étais persuadé d'obtenir de vive voix. Sans tomber dans le style : « Je vous la fais décontracte, Célestine, c'est Grégoire ! », non, sérieux, quel ton donner à sa voix quand on s'adresse à une personne plongée dans un coma profond ?

Tout près du lit, deux perfusions reliées au creux de son bras gauche glougloutent en alternance et le *tit'-tit'* exaspérant du moniteur cardiaque ponctue la variation d'un défilé de courbes qui passent de gauche à droite sur un écran. Debout, les bras ballants, mon sac de toile en bandoulière, à quelques centimètres à peine de la main droite de Célestine posée inerte sur le drap replié jusqu'à moitié de la couverture sous laquelle je devine sa silhouette, à côté de cette chose *irréelle*, je me demande si je suis *réellement* à ma place et surtout par quel bout commencer mon dialogue. Ma torpeur dure comme ça, je ne sais pas.

Heureusement, la révolte et mon indignation, d'un seul coup, prennent le pas. C'est quoi cette société, toute cette technicité, si l'on n'est pas foutus capables de se tenir la main quand on a peur comme on a peur quand il s'agit de mourir ? Y'a pas de diplôme pour ça. De la jugeote, les mecs. Mme Morel aimait le jazz. Ce n'est pas sorcier tout de même. Enfin, ma voix est juste :

— Madame Morel, j'ai cherché sur YouTube. Je vous ai trouvé des vieux morceaux de Jelly Roll Morton, vous vous souvenez, le pianiste dont Baricco s'inspire pour mettre en scène dans son bouquin le fameux duel avec Novecento ?

Pas attendre de réponse. Il paraît que c'est terrible pour celui qui ne peut plus dialoguer de ne pouvoir vous répondre. J'enchaîne :

— Je vais vous mettre les écouteurs. Je ne vais pas mettre le son trop fort. Vous allez voir. J'en ai aussi pour moi, comme ça, on va pouvoir écouter ensemble.

J'ai tout prévu. Dialika m'a prêté sa rallonge à deux sorties. Je peux me tenir assis à côté d'elle. Tous ces détails hyper concrets me donnent de l'assurance.

— Après, je vous ferai la lecture. On a le temps.

Je sais qu'elle fréquentait les boîtes de jazz. Elle m'en a très souvent parlé. Ses premiers postes d'enseignante l'ont baladée en banlieue parisienne. Le samedi soir, elle s'éclatait. Toute sa vie, en écoutant les grands et les moins grands, surtout les joueurs de saxophone, allez savoir pourquoi, elle se posait toujours la même question. Question qu'elle vous posait si vous aviez gagné son amitié et sa confiance.

— Si tu avais à choisir, Grégoire, que préférerais-tu ?

Être la musique, l'instrument de musique, le musicien ou celui qui écoute ?

Elle jubilait de voir se dessiner sur le visage de son interlocuteur des abîmes de perplexité. Sans réfléchir, je lui avais dit que je préférerais être la musique. Que ça me ferait kiffer d'être un solo de guitare électrique. Elle avait ri en me tapotant la main.

— Comme moi, Grégoire, j'aimerais être la musique. Sans instrument ni musicien, ni celui qui l'écoute, la musique ne serait pas. Cette liberté de disparaître en même temps qu'elle se crée, cet écho qui perdure au moment où elle meurt lui proviennent uniquement des trois autres. La vanité du musicien à la fin du morceau est à la hauteur de sa tristesse d'en avoir terminé et il n'a qu'une hâte, rejouer. L'instrument est vacant comme un lac asséché suppliant un ciel bleu et celui qui écoute vibre encore d'un bonheur qui n'est plus. Seule la note est l'instant sans avenir ni passé. Le présent absolu impossible à l'humain. Et pourtant rien de plus imprégné qu'un morceau de musique. Hier, aujourd'hui et demain s'y retrouvent exprimés en une seule et unique vibration d'air ambiant.

Elle disait cela d'une voix de perce-neige. Elle oubliait sa chambre, ses douleurs intraitables. Elle repartait dans ses souvenirs.

L'anniversaire de ses trente ans. Place du Bateau-Lavoir dans le Paris bohème à l'ombre des marronniers. Son rendez-vous sur l'un des bancs. Elle est à l'heure et lui aussi. Amoureux, tous les deux. Ils s'embrassent. S'étreignent les mains. Se caressent les cheveux. Il lui passe son bras par-dessus ses épaules et, de sa voix de grand charmeur, commence ainsi : *« La nuit dernière, j'ai fait un rêve… »*

Elle l'écoute. « Il pouvait faire pousser des tomates sur la lune », c'est ainsi qu'elle disait.

« … j'ai fait un rêve dans lequel nous étions sur ce banc, enlacés comme nous sommes enlacés et du bas de l'escalier qui nous fait face, lui dit-il en pointant l'escalier de son doigt, *une étrange silhouette comme sortie de la foule gravissait chaque marche une à une dans une lente progression orientée vers le banc où nous sommes. Comme elle était masquée d'un masque blanc sans expression et habillée d'un frac, nous ne pouvions dire s'il s'agissait d'un homme ou bien d'une femme. Ce qui semblait certain, c'est qu'elle portait sur le plat de sa main gauche un plateau sur lequel se tenaient une bouteille et deux coupes. À dix mètres de nous. Silencieuse. Androgyne… »*

Célestine ne dit rien. Célestine est aux anges. Elle écoute le récit que déroule son amant. Elle se niche un peu plus dans le creux de son bras. Sa voix à lui se fait encore plus chaude et plus câline.

« … Et l'étrange silhouette de venir s'incliner courtoisement devant toi, sommelière silencieuse d'une bouteille qu'elle venait nous offrir pour fêter tes trente ans. Quand soudain, redressant sa personne, sa poitrine s'ouvrit sur le chant de son cri : Champagne ! »

Totalement sous le charme, Célestine n'en croit pas ses oreilles ni ses yeux, quand, à deux mètres du banc où ils sont enlacés, une silhouette identique, telle que décrite dans le rêve, apparaît devant eux et, d'une voix éclatante, crie : *« Champagne ! »*

Elle sursaute, incrédule. Ses mains devant sa bouche

ouverte expriment à la fois la surprise et la joie quand elle comprend enfin l'illusion dans laquelle elle est prise. La silhouette au masque blanc est un ami complice pour l'occasion d'une mise en scène parfaitement orchestrée. Alors, elle rit, du bonheur qu'on écrit dans les livres en buvant le champagne que lui sert son amant et pendant ce bonheur suspendu, l'ami pose le plateau sur le banc, à l'égal de son double évoqué dans le rêve, tout aussi savoureux d'élégance, fait glisser par-dessus son épaule un saxophone alto qu'il abouche, qu'il suçote et calant l'instrument sur le noir de son frac, sous ses doigts fait courir une suite de notes aussi proche du blond que la main de l'amant caressant les cheveux de l'amante.

Célestine m'a raconté cette scène des dizaines de fois. C'était son fait d'amour. C'était sa gloire.

Elle est en train de disparaître. Jelly Roll Morton se déchaîne au clavier. Je tapote les notes sur le bord de son poignet. J'ai besoin de la toucher. Lui signifier qu'elle n'est pas seule dans l'aquarium. Le Grégoire des Bleuets l'accompagne jusqu'au bout comme elle l'a demandé par écrit. Après, tu t'inventes ce que tu veux. Elle a capté. Elle capte pas. Tu t'en fiches. T'es heureux d'être là où tu es. C'est ton deuil qui avance. Oh ! les morts, vous partez, nous on reste ! Qu'est-ce qu'on fait de notre chagrin ? Je vais vous le lire mon chagrin, Célestine. Baricco, le grandiose. *Novecento : pianiste*. J'ouvre le livre. C'est parti pour deux heures sur le bateau. *Le Virginian*. Direction l'Amérique. Les *twenties* et le jazz. Célestine est radieuse. Je le sais. Je m'épuise à me le dire. J'aimerais que le livre *ne jamais* se termine. Retarder la sentence pendant mille et une nuits. Vous retenir, Célestine, de toute la force des derniers mots du livre répétés en boucle jusqu'à ce que ma voix s'effondre de fatigue, de chagrin, de tristesse. Quand j'arrête, il n'y a plus que le bruit du glouglou des deux perfs. C'est l'horreur. Sur l'écran, la ligne verte ne bouge plus.

20

Mme Giroud, sa voisine, son amie, celle avec qui elle arpentait les couloirs des Bleuets pour de très longues conversations croisant des intérêts aussi éloignés que la musique peut l'être de l'élevage et de l'agriculture, Mme Giroud accuse le coup. La mort de Célestine la plonge dans une tristesse inconsolable. Ce pas compté et régulier qu'elle imprimait à leurs interminables discussions, bras dessus, bras dessous, parfois leurs mains, les doigts mêlés dans une tendresse n'appartenant qu'à elles, ce pas n'est plus, Mme Giroud reste prostrée, les yeux perdus dans des pensées déconnectées du monde vivant. M. Picquier ne parvient plus à la convaincre de descendre au salon écouter mes lectures. Le ressort s'est cassé. Son compteur arrêté. Mme Giroud ne va même plus dans les allées du parc comme elle aimait le faire pour s'enquérir des signes avant-coureurs du printemps. En paysanne entière, sincère et sans détour, cette relation avec une femme d'une condition différente de la sienne éclairait ses vieux jours que sa famille n'avait plus l'heur d'illuminer depuis longtemps. Mme Giroud, en fréquentant Mme Morel, s'était construit son bouclier, un bouclier fragile de petites joies additionnées contre l'assaut du désespoir dans cette maison où rien n'invite à espérer des jours qui passent. Mme Giroud était une femme déterminée à vivre coûte que coûte jusqu'à la fin. Sans que personne puisse la deviner, elle a trompé tout le monde.

Pour entrer ou sortir des Bleuets, il faut deux codes. Celui du portail extérieur qui donne accès au parking pour le personnel et les familles, et un second pour pénétrer dans le hall d'accueil. Ces codes ne sont connus que des parents en visite et de nous, employés. Nous avons pour consigne de ne les donner à aucun résident. D'ailleurs, il est rare que nous ayons à les composer, en effet, il y a toujours Marie-Claire ou Brigitte pour nous ouvrir depuis le guichet d'où elles surveillent les va-et-vient soit de visu, soit sur écrans. Il y en a quatre. Un pour chaque caméra qui filme allées et venues sept jours sur sept, vingt-quatre heures sur vingt-quatre. La seule faille dans le système, c'est la petite porte au fond du parc avec un code pour ceux qui souhaitent rejoindre la gare à pied en suivant le chemin de halage, qui, elle, ne dispose pas de caméra. Jusqu'à présent personne ne s'en souciait. Lorsque Mme Giroud a disparu, le bon sens a voulu que l'on visionne les enregistrements des vidéos de surveillance sur les douze heures écoulées depuis l'heure supposée de sa disparition, heure à laquelle Dialika lui a parlé la dernière fois. Reste le mystère du petit portail par lequel vraisemblablement elle serait sortie du parc. Comment s'est-elle procuré le code ? Quelqu'un l'avait-il mal refermé ?

Dimanche matin ; 8 heures. Changement d'équipe. Transmission des consignes. RAS. Les Bleuets ont peut-être des allures de prison, heureusement nous n'avons pas encore d'œilleton pour vérifier en permanence la présence ou l'absence des résidents dans leur chambre. Mme Giroud doit être loin, mais pour l'heure tout le monde s'accorde à ne pas appeler la directrice en espérant qu'avant midi tout sera rentré dans l'ordre, Mme Giroud revenue sagement dans le giron des Bleuets. L'info m'arrive par SMS à 9h30:

« Mme Giroud dans la nature. Vérifie sur les bords du canal. Merci. Dia »

Jour de congé. Grégoire pédale. C'est bien ma veine. Je ne pense pas qu'elle soit partie côté centre-ville faire la belle, vu le coup de blues qu'elle traverse, je pense plutôt qu'elle retourne sur ses terres voir sa ferme à cinq-six kilomètres de là. Elle y est née. S'y est mariée. Y a élevé ses quatre enfants. Toute une vie à trembler pour qu'ils poussent dans le bon sens. Pour que les vaches donnent des veaux et du lait. Pour que le foin et la paille soient rentrés dans les temps avant que la flotte ne les pourrisse. Pas de vacances et pas plus de tendresse dans un couple qui n'a pas une seconde pour se donner du plaisir. À la place, un amour du travail jamais pris en défaut. J'opte donc pour les terres du plateau qui domine le virage du canal, là où se trouve la ferme du Bois-Petit, exploitée aujourd'hui par un gendre et une fille qui se fichent de savoir comment va ou ne va pas la vieille femme. Le point de vue vaut le détour. Des parcelles de blé vert. Les morceaux d'une forêt amputée par d'immenses étendues de terre blonde où des traces de craie parsemées de silex affleurent dans le creux des vallons. Et partout, des chemins qui sillonnent les promesses du mois de mars. Je pédale les poumons pleins de l'odeur du pollen des premières fleurs des saules et je m'attends à découvrir à chaque début de ligne droite tout au bout du chemin de halage la silhouette minuscule de Mme Giroud, obstinée à marcher vers cette terre qui l'aimante comme le nord fait tourner l'aiguille rouge des boussoles. En doublant la passerelle de l'écluse, une corolle de lumière étalée sur l'eau noire me foudroie. Coup de frein réflexe. Bloquée net, ma roue arrière dérape. Je me rétablis. Les mains encore crispées sur les freins de mon vélo, bouche ouverte, je ne bouge pas, je regarde.

Mme Giroud, bras et jambes écartés, face contre le fond du canal, flotte au milieu de sa robe et d'une vingtaine de petits sacs de fantaisie très colorés, certains tissés de perles, brillants de verroteries, qu'elle portait sur ses hanches, sa poitrine et son ventre, chaque fois qu'elle partait en balade. Comment croire à la réalité de ce que mes yeux voient ? Je ne peux même pas crier. Le hoquet m'en empêche. Un dixième de seconde, le tableau me paraît magnifique. L'apesanteur d'un corps qui traverserait un ciel d'orage, auréolé de tous ces sacs, ces fameux sacs qui aux Bleuets faisaient sourire. Mme Giroud et sa fortune inestimable. Mme Giroud et ses secrets. Elle ne quittait jamais sa chambre sans avoir consacré de longues minutes à les choisir parmi la bonne vingtaine qu'elle possédait. Dans une logique propre à elle seule sur son échelle de déplacements. Trois ou cinq sacs pour circuler et converser dans les couloirs de la résidence en compagnie de Mme Morel, et deux de plus au minimum pour affronter les allées dans le parc.

Pour ce dernier voyage, j'en ai compté quatorze à la surface de l'eau comme une chevelure abandonnée dans le miroir d'un paon. *La Vouivre* des Bleuets s'est arrêtée de vivre là où j'attends toujours de voir passer *L'Eau et les Rêves* de Bachelard.

21

Chambre 24. Fin du mois de mars. Opération désinfection après décès. Mme Morel n'a pas de descendance, ni de famille à laquelle confier le peu d'affaires qu'elle laisse derrière elle, vêtements, bibelots, que nous devons jeter sans états d'âme. Photos et documents écrits sont archivés dans une armoire. Une étiquette indique *Mémoires de nos Anciens.* Nom. Prénom. Dates et coordonnées de chaque personne défunte. Quinze jours plus tard, même scénario chambre 25. Seule différence, pour la première et dernière fois, les quatre enfants de Mme Giroud ont fait le déplacement. Quatre vautours sur un tibia blanchi à l'eau de Javel. Rien à gratter.

Par acquit de conscience et pour ne rien regretter, la plus jeune vérifie le contenu du sac posé en évidence sur la commode. Je suis surpris du soin qu'apportent les gens, quand ils le peuvent, à leur dernier message. Dans un paquet serré d'annonces nécrologiques soigneusement découpées, jaunies par les années, annonçant le décès d'une centaine de personnes, parents, voisins, connaissances éloignées, d'après les dires de ses enfants estomaqués par une telle collection, sur un papier étonnant de blancheur, Mme Giroud leur laisse ce dernier mot : *« La vieille a terminé de vous emmerder. Elle vous en souhaite. »*

La chambre est vide. Bien sûr, restent le lit, la table de nuit, la commode, le fauteuil, la chaise, la télé accrochée au mur face au lit. C'est tout. Je suis abasourdi par la facilité d'oubli que ce décor impersonnel dégage au-delà de ses odeurs piquantes de désinfectants. « Vous avez dit Mme Giroud ? Connais pas !? Mme Morel ? Non plus ! » La pièce attend une autre histoire, une autre vie en train de se défaire quelque part dans la ville ou la campagne environnante. Le dossier de madame ou de monsieur en souffrance depuis des semaines, voire des mois, sur le dessus de la pile, trouve enfin son issue. La famille est impatiente. La personne concernée, pas forcément. Si elle est inconsciente du sort qu'on lui réserve, ce qui suit l'indiffère. L'heure du choix.

On a vécu dans une maison de deux étages avec garage, débarras et grenier, chambre d'amis, salon, cuisine… On a passé soixante ans de sa vie dans un appartement immense ou minuscule, voici venu le jour du tri. Dorénavant, l'on va passer ses derniers jours dans un espace de sept à huit mètres carrés, pour soi seul dans le meilleur des cas. Alors adieu au vaisselier de la salle à manger qui vous venait de votre arrière-grand-mère, adieu à la vaisselle qu'il contenait, adieu à toutes ces choses trop encombrantes. Rien n'entrera dans votre chambre. Il faut trier. De préférence ne conserver que les objets de petite taille, pas nécessairement des bibelots, de ceux que l'on amasse au cours d'une vie et que l'on met en évidence ici ou là sur un manteau de cheminée, une table basse, dans une vitrine à cet effet. S'interroger sur chaque objet. La pertinence à les garder du fait qu'il nous semble impossible de vivre sans eux et ceux qu'on abandonne sans regrets parce que le jus de leur souvenir n'a plus aucune saveur. Les photos, c'est pratique. Même argentiques sur des tirages papier, ça ne prend pas de place. Une boîte. Grande ou petite. Quelques albums tout au plus. Demain, très certainement, toute notre vie sera stockée sur un microportable.

22

M. Picquier n'en est pas là, hormis les trois mille livres sauvés de son naufrage en arrivant ici, il n'a gardé que quelques-uns de ces objets incontournables. Une boussole invariablement posée sur son premier dictionnaire. Premier prix de poésie en classe de CM2. Un *Larousse* érigé au niveau du totem.

— Un dictionnaire, Grégoire. Un dictionnaire *et* une boussole. Avec eux t'es tranquille, y'a du sens.

Et enfin pour classer les trois mille titres de sa bibliothèque par ordre alphabétique de noms d'auteurs, vingt-cinq cailloux triés sur le volet au fil de ses balades. Vingt-cinq cailloux plus ou moins proches de la forme d'un livre pour séparer les vingt-six lettres de l'alphabet. Une histoire par caillou.

— Soupèse-les, ils sont lourds. Pour la plupart, je les ai trouvés dans des clapiers. Des éboulis au pied de ces parois vertigineuses quand tu marches en montagne. Morceaux, fragments, détachés par l'effet conjugué du vent, de l'eau, du gel et du soleil en alternance, profitant d'une faille, d'un soupir de trois fois rien entre deux strates de plusieurs millénaires. Sagesse minérale et vanité humaine. Regarde ce pavé de basalte. Il est noir. Mais avant d'être noir comme il est, il a été incandescent. Il vient d'Auvergne. Ce calcaire constellé de fougères. Des fossiles. Ce sommeil végétal me fascine. Glissé entre Bernard-Marie Koltès et Isidore Lucien Ducasse, comte de Lautréamont, je doute beaucoup de la formule « au commencement était le verbe et à la fin son corollaire ». Nous sommes des rigolos.

Or, au-delà de ces objets, de ces cailloux et de ces livres, il y a un document, incunable entre tous, qu'il souhaite absolument mettre sous mes yeux. Un document qui, à l'entendre, ne lui survivra pas s'il maintient sa volonté d'être incinéré. Un document dont le poids symbolique est énorme, me dit-il. Un document qu'il n'a jamais relu depuis qu'il a été écrit, il y a maintenant une cinquantaine d'années.

— Vous m'intriguez, monsieur Picquier !

Est-ce le choc affectif du décès de Mme Morel et du suicide de sa voisine Mme Giroud ? L'angoisse de mourir sans avoir partagé un secret qu'il considère aujourd'hui comme trop lourd à porter seul ? Je l'ignore. Mais là encore, une fois de plus, bien que différemment de Mme Giroud, la mise en scène du Vieux Libraire me ferait sourire s'il n'était bouleversant d'apprendre une partie de sa vie dissimulée aux yeux de tous avec une telle intelligence. C'est très connu, le crime parfait pousse souvent son auteur à narguer la police pour qu'elle devine toute la finesse de son stratège. Mais pourquoi ce jour-là ?

Il me tend une enveloppe.

— Il doit y avoir assez. Trouve-moi une lumière noire. De préférence une lampe de poche.

Sans poser de question, je me procure l'objet. Lui

rapporte la monnaie. Dépose la lampe sur sa table de chevet.

— Samedi soir, t'es d'astreinte ?

— C'est ce que j'ai vu sur le planning.

— Viens dans ma chambre à 22 heures.

À 22 heures, ce samedi soir, par la porte entrouverte, j'aperçois le vieil homme qui somnole. La lumière des toilettes est restée allumée. Je m'approche de son lit, me penche au plus près de son oreille, celle supposée le mieux entendre, persuadé de bien faire, je lui chuchote :

— Monsieur Picquier, c'est l'allumeur de réverbères !

Moitié furieux, il se redresse. Il me fait peur.

— Ah non, pas ça Grégoire, c'est pas le moment !… Éteins les chiottes.

— Ça vous amuse de me foutre la trouille ?

— Écoute plutôt au lieu de râler. Retire ma veste et aide-moi à me mettre torse nu.

Sa voix fébrile, ses gestes nerveux, certains désordonnés, témoignent d'une tension inhabituelle.

— C'est un strip-tease ?

— Oui, si on veut.

Sur le bord de son lit, M. Picquier se recroqueville sur lui-même comme une crosse de fougère. Ses mains passées sous ses aisselles, il tire la peau de son dos dans le sens de la largeur et me demande d'une voix autoritaire :

— Pointe la lampe sur mon dos.

— Monsieur Picquier, je vous frotte le dos tous les jours, vous abusez !

— Je ne te demande pas de me frotter le dos, je te demande de pointer la lampe sur mon épaule gauche.

Je m'exécute, un peu grincheux ; parfois les caprices du Vieux Libraire me gavent méchant.

— Ça vient ! Ça vient ! Un peu de patience, monsieur Picquier.

Je m'énerve une seconde sur le bouton interrupteur et, ça y est, un faisceau de lumière noire éclaire son épaule gauche.

— T'arrives à lire ?

— C'est pas vrai... un tatouage !

— Si monsieur ! Un tatouage fait à l'encre invisible. Vise un peu ce qu'il y a d'écrit. Je veux que tu saches. Cinquante ans que je me traîne ce cilice sur le dos.

Il n'y a que du texte. Le lettrage est enfoui dans le derme – « *Ô combien de grands palais, que de belles maisons, combien de nobles bâtiments, naguère emplis de leurs maisnies, de seigneurs et de dames se vidèrent jusqu'au plus humble serviteur !* » Au décrochage de l'épaule, un pli de peau m'empêche de poursuivre.

— Tire dessus ! C'est solide, plus solide que le papier.

La lampe dans ma main gauche, de la droite je tire sur sa peau. Lettre à lettre. Mot à mot. Au passage des UV se révèle le second paragraphe – « *Ô que de mémorables lignées, que de vastes hoiries, que d'illustres richesses vit-on rester sans successeur légitime ! Combien de vaillants hommes, que de belles dames, combien de gracieux jouvenceaux, que non seulement n'importe qui, mais Galien, Hippocrate ou Esculape auraient jugés en parfaite santé, dînèrent le matin avec leurs parents, compagnons et amis, et le soir venu soupèrent en l'autre monde avec leurs trépassés...* »

Le texte s'interrompt avec trois points de suspension.

— C'est quoi le message ?

— Florence, Grégoire, la peste noire, 1348.

— …

— La peste noire dans *Le Décaméron* de messire Jean Boccace qu'on nomme aussi Jean Bouche d'Or. Rien qui te parle.

— Non, pas vraiment.

— Pour nous les gays, cette histoire de sida, ce juste châtiment selon certains – dixit les bouffeurs de pédés – pour nous le parallèle avec le livre était criant. Boccace voyait juste. Mettre en scène la fine fleur de la jeunesse florentine et lui faire refuser dans l'ambiance générale prières et contritions, les seules paraît-il à sauver corps et âmes selon la bien-pensance catholique, le coup était génial. Sept jeunes femmes. Trois jeunes hommes. Épargnés par la peste. Tous plus beaux que des dieux, forcément bien nantis, s'exilent à quelques kilomètres de la ville et s'imposent pour règle d'inventer une nouvelle chacun, chaque jour des dix jours qui vont suivre. Dix fois dix qui font cent. Une création faussement orale, réfléchie et pensée pour être un livre à opposer au châtiment divin. Au commencement était le verbe, *v minuscule*. La majuscule, basta ! Le sida nous décime. Nous étions incrédules. Et *mon ami* contaminé par *ma* faute, une histoire compliquée, puisque moi-même je n'ai jamais contracté le virus, je te passe les détails d'une époque où nous vivions dangereusement. D'une époque où rien encore n'annonçait comme aujourd'hui la molécule ou le vaccin miracle que se disputent les scientifiques et les labos. Cette maladie n'avait qu'une seule issue. Fatale. Le mot nous fulgurait. Nous débordions du côté droit, côté de la bande d'arrêt d'urgence. L'amour à mort. Quand tu conduis normalement, t'imagines pas ce que le désespoir te pousse à faire, te pousse à dire comme conneries. Je lui ai juré, à *mon ami*, d'apprendre par cœur les cent nouvelles de Boccace s'il s'en sortait vivant. Six mois plus tard, il décédait. J'ai cherché. Comment dire ma douleur. Exprimer ma culpabilité indélébile. Un tatouage. Plein le dos. L'expression à la lettre. Mon ras-le-bol de son corps. Du mien. L'empêchement de nos peaux. Le contact coupé. Sous tes yeux. L'infernale déchéance. Et l'odeur. Des rejets. Bouche. Anus. Ma lâcheté dans l'épreuve. J'ai pleuré. Dégoûté de moi-même. Me sentant seul coupable. Mon amour innocent. Son tout dernier regard. Moi, vivant. Pour tout cela, m'infliger des aiguilles et au bout des aiguilles espérer que les mots effaceraient l'indicible par ce texte superbe, quasiment expiatoire, à l'œil nu invisible, et que seul un faisceau de lumière noire révélerait si un jour je souhaitais qu'il le soit.

Le tatouage se termine par cette phrase : *« Pour toujours dans la peau. »*

Combien de fois ai-je passé le gant de toilette sur ce serment sans me douter de sa présence silencieusement phosphorescente ? Combien d'amants l'ont agrippé dans la puissance de leur étreinte ? M. Picquier n'a eu qu'un seul amour, et cet amour, il l'avait tué.

Impressionné ? Le mot est faible. Ce qu'il vient de m'avouer et le secret qu'il me demande écrase mes vingt ans. J'ai oublié d'éteindre la lampe. Deux heures et demie qu'elle transfigure tout dans la chambre. Les draps. Les dents. Le blanc des yeux. Dans un silence insupportable, M. Picquier ne retient plus ses larmes.

Je sais qu'il n'aime pas trop mais c'est la seule réponse qui me vient. Je le prends dans mes bras et je le serre très fort. Mon portable n'arrête pas de vibrer. Chaque sonnerie silencieuse fait frémir le tissu de ma poche. Un appel par minute. Dialika. Dialika. Dialika. C'était convenu. Minuit quinze dans la chambre 31. Dix minutes de retard. Il finit par sourire.

— Je crois comprendre qu'une autre lecture t'attend dans les étages. File !

23

Dialika. Dialika. Nord. Est. Ouest. Sud. Azimut et boussole. Dialika. Plus de six mois que cela dure. Par SMS. Amour *flash-mob*. Dans le local de la lingerie quand Dany n'y est pas. Dans les chambres en attente d'un nouveau locataire. Sans un mot. Nous filons, échappons aux regards. M. Picquier nous recommande d'être prudents. Si cela se savait, ça pourrait finir mal. Le 13 juillet. Tous les deux sur le toit-terrasse des Bleuets. Autour, la ville et là-bas sur les quais du port de plaisance, la foule la tête en l'air qui crie – « Oooooh ! La belle bleue ! Oooooh ! » Nous, à poil sur le gravier de la terrasse interdite d'accès en dehors des contrôles pour les clim'. Le corps luisant des parapluies de feux s'ouvrant au-dessus de nos têtes. La belle noire. Le beau blanc. Nous dansons. Effondrons nos bastilles sur la tête des papis et mamies assommés de calmants, de solitude et de détresse, n'entendant rien ni de la vie ni de nos cris. Nous, nous jouissons et ni vu ni connu, rejoignons de notre air le plus digne nos collègues dans la salle de repos.

Du toit-terrasse, nous descendons par l'escalier de service qui donne sur le couloir du deuxième. Dialika s'arrête net. Elle m'attrape par le bras et, d'un signe de tête silencieux, me montre une silhouette devant nous tout au bout du couloir. Une silhouette masculine. Un collègue en maraude ? Impossible, Dialika est la seule d'astreinte sur ce côté. Un résident ? Il semblerait. Je reconnais M. Roubaud. Qu'est-ce qu'il fait là ? M. Roubaud loge au premier. Putain, le scoop, sans même frapper, il entre dans la chambre de Michèle Berthelot, la petite alzheimer qui a moins de soixante ans. Belle comme un cœur mais tête en moins. Dialika se retient. Elle met son index sur ses lèvres. Top secret. On se regarde. Nous éclatons silencieusement de rire. Nous étions fiers de nous croire seuls à baiser aux Bleuets. Quelle erreur ! Ici, il y a des vieux qui bandent encore, des vieilles qui mouillent et certaines et certains qui prennent leur pied à faire le truc ensemble.

Ma naïveté ne laisse pas d'étonner mes collègues.

— Tu te crois où ? À la morgue ? Tant que ça vit, ça y pense. C'est un secret de polichinelle, M. Roubaud est une star.

Je croyais Les Bleuets dans le coma. Le soir, ce sont trois ou quatre portes de chambres qui, dans l'espoir d'une visite, discrètement s'entrebâillent. Les corps partent en ficelle mais le désir reste le même. Être séduit. Séduire. Jouir. Caresser. Verbes sans âge. M. Roubaud, lui, ne connaît que le présent de l'indicatif et ces dames apprécient. Parfois, m'explique-t-on, la jalousie de l'une à l'égard d'une rivale délie sa langue pour quelque médisance de bien courte durée, car une sorte de « consœurie de sexe » les unit comme une poignée d'élues se partageant à tour de rôle cette précieuse denrée qu'il serait dommage de gaspiller. Soir après soir, le petit père Roubaud, qui ne paie pas de mine, s'en va de chambre en chambre comme on s'en va dans un cimetière cueillir des feux follets. Sur le sujet, Jérémy le médecin ne tarit pas.

— Ça et les lectures de Grégoire, les toubibs peuvent aller se rhabiller !

24

Trente-cinq ans que la résidence baigne dans son jus. Depuis sa construction et sa mise en service, jamais de travaux. Les petites pannes, l'entretien ordinaire, c'est l'affaire de Jocelyn. Bricoleur touche-à-tout, Jocelyn est capable de répondre aux urgences en tout genre. Comme celles-ci surviennent toujours à des moments où il est impossible de faire venir un artisan – la nuit à 3 heures du matin ou un dimanche de long week-end –, en attendant l'intervention des sociétés avec lesquelles Les Bleuets sont sous contrat, Jocelyn répond présent vingt-quatre heures sur vingt-quatre. Il assure.

Tout le monde l'adore. C'est une perle. Cinquante-six ans. L'âge d'être mon père. Cheveux poivre et sel. Jovial en toutes circonstances. Ampoules grillées. Piles de télécommande usées. Un lit coincé. Un cadre à accrocher. Petite menuiserie, plomberie, chauffage, sanitaires, électricité. Jocelyn par-ci. Jocelyn par-là. Jocelyn non-stop. Et des bisous aux femmes. Des poignées de main aux hommes. Une vedette de show-biz. Rien ne semble pouvoir entamer sa joyeuse bonne humeur, pas même le mégaproblème d'évacuation sur le collecteur n° 3. Dix résidents à transférer d'urgence sur les chambres disponibles et non reliées à la conduite en cause. Un véritable casse-tête. Tout le monde est sur le pont. Sopodex, la société de maintenance des sanitaires de collectivités, n'a pas de disponibilité de dépannage avant le milieu de la semaine prochaine. Jocelyn, comme d'habitude, se retrousse les manches – coupe l'eau, ramone, fait le vide sur des mètres et des mètres de tuyaux, essaye de comprendre où se trouve le problème. Il travaille comme un diable dans les WC de la chambre 18 juste en dessous de la chambre 28 dans laquelle, en pleine lecture avec M. Picquier, je l'entends râler comme s'il était à côté de nous. Surpris, je regarde M. Picquier qui me montre du menton sa salle d'eau.

— Il est là ? me demande-t-il.

— Non, pas du tout, il travaille dans la chambre sous la vôtre au premier.

M. Picquier écarquille les sourcils.

— Alors là, surprenant !

Pour ma part, je ne vois là qu'une banale conduction de la voix par où circulent ordinairement d'autres matières. Pas de quoi s'étonner ! Je m'apprête à reprendre la lecture quand d'un ton de grand conspirateur, M. Picquier pose sa main sur la prose de Céline que je suis en train de lui lire.

— Non, non, Grégoire ! *Voyage au bout de la nuit* peut bien attendre, nous avons mieux à faire. Dis plutôt à Jocelyn que c'est l'heure de la lecture !

J'éclate de rire.

— Trop fort, monsieur Picquier !

Je file aussitôt me mettre à genoux au pied de la cuvette de ses toilettes et, les mains posées de chaque côté de la lunette, la tête au plus près du siphon vidé de son eau, soumis à des odeurs horribles, j'appelle Jocelyn :

— Ho ! Jocelyn, tu m'entends ?

— …

Long silence. Puis, comme une voix d'outre-tombe :

— Ta gueule, je bosse !

— M. Picquier te demande si tu souhaites que je te fasse la lecture.

— Ah ! ah ! C'est drôle.

La connexion est impeccable. Le Vieux Libraire et moi en sommes bouche bée. Comment ne pas y avoir pensé plus tôt ? Pourtant ça coule de source, l'eau des siphons chassée, les tuyaux remplis d'air communiquent entre eux et transportent les sons, et plus particulièrement les voix. CQFD. M. Picquier gamberge.

— Grégoire, nous tenons là notre média branché. Radio Bleuets, Radio Bleuets, les merdeux parlent aux merdeux !

Il a la voix des résistants lanceurs de messages cryptés dans un vieux film de guerre. Je ne peux plus l'arrêter. Son projet est lancé.

— Dis à Jocelyn qu'il monte nous voir dès qu'il a terminé.

Re-passage au tuyau.

— Jocelyn ! Passe nous voir quand t'as fini, M. Picquier a quelque chose à te demander.

— OK ! Une petite heure, j'arrive.

Jocelyn nous rejoint. Peut-être moins fringant que d'ordinaire, mais quand il nous voit remontés comme des coucous, il retrouve sa bonne humeur.

— Alors ! Ça vous en bouche un coin qu'on puisse se parler comme ça de cuvette à cuvette ?

M. Picquier phosphore.

— Écoute, Jocelyn, tout le monde n'opère pas dans le tuyau. Toi, oui. Je veux tous les plans des collecteurs de la résidence et après, je t'explique.

Comme toujours avec lui, l'affaire est simple. Du premier au troisième en passant par le deuxième étage où il loge, il souhaite savoir combien de chambres sont desservies par le même collecteur que celui de ses toilettes, et de là, combien de chambres communiquent entre elles si l'on vide les siphons.

Jocelyn est formel.

— Pas besoin des plans. Le réseau est une arborescence qui part du haut avec un tronc commun qui passe d'étage en étage. À chaque niveau, quatre branches, quatre chambres. Multiplié par trois étages. Votre chambre est en réseau avec onze autres chambres. Quatre au-dessus, quatre en dessous, et trois autour ici au deuxième. Je peux même vous fournir le *Who's Who*, si vous le souhaitez.

Le Vieux Libraire applaudit.

— Oui, oui, Jocelyn, le *Who's Who* !

— Au-dessus de votre tête, vous avez Mme Berthelot la petite alzheimer, Mme Vidy, M. Busnel. La 31 est vide.

L'image de Dialika me passe furtivement sur le corps. Jocelyn poursuit son inventaire.

— Sous vos pieds, vous avez Mme Richepin, Mme Derrida, Mme Richard et Mme Andreux. Vous ajoutez les deux toilettes accessibles aux familles en visite. Enfin, vous connaissez vos proches voisins. Feu Mme Giroud, sa chambre est vide, M. Roubaud, Mme Bréhaut qui vient d'arriver dans la chambre de Célestine et vous, monsieur Picquier. On a fait le tour.

— C'est parfait ! Merci Jocelyn.

Milieu de semaine, la Sopodex fait son travail et tout le monde oublie gentiment les avaries du collecteur n° 3. Tout le monde ? M. Picquier, lui, n'oublie rien. Son idée de radio ne lui laisse plus une minute de répit.

— Grégoire, nous allons lire *l'Enfer* !

— …

Je ne connais pas le terme.

— *L'Enfer*, Grégoire, ce sont tous ces livres que la morale interdit de mettre à la disposition du grand public. J'en ai là quelques-uns. Il faut oser ce que personne n'a osé faire. Lire du cul dans une maison de retraite. Ta voix va faire trembler les murs !

Pour l'heure, c'est moi qui tremble.

25

19h45. Résidence Les Bleuets. Heure à laquelle ici, tout tombe en léthargie. L'équipe de nuit prend ses repères. Les télés ronronnent. Beaucoup dorment déjà profondément. Surtout, Masson nous fiche la paix. Elle quitte l'établissement vers 19 heures et ne revient que très rarement, deux-trois fois l'an quand le problème exige les décisions de la chef in situ. Dernier en date, le bordel qu'a fichu la fin tragique de Mme Giroud. Les Bleuets se seraient volontiers passés d'une telle publicité. Les pompiers. Les gendarmes. Toute l'enquête. Les papiers dans la presse et forcément l'émoi qu'un tel geste génère dans la tête des actifs. On ne construit pas des parcs à vieux à l'extérieur des villes pour en entendre parler de la sorte. Silence EHPAD ! Pas de bruit, on meurt et pendant ce temps, de l'autre côté, à défaut de vivre, on trime.

Me voilà installé. Mon affaire n'est pas très confortable. J'hésite. Assis sur un tabouret, buste plié au-dessus de la cuvette ou carrément à genoux sur un coussin, la tête posée sur le rebord de la lunette. Dans les deux cas, je ne sais pas trop où mettre le livre.

Avec Jocelyn, le Vieux Libraire est convenu qu'il valait mieux émettre depuis sa cuvette de WC. À mi-parcours du collecteur. Entre le troisième et le rez-de-chaussée, ma voix est presque à équidistance des treize cuvettes réceptrices, si je compte les deux cuvettes accessibles au public, quatorze avec celle de la chambre vide au troisième. Dialika m'a promis qu'elle y serait.

L'info a fuité à dessein. Le Vieux Libraire veut de l'audience. Hormis le personnel des bureaux et notre hiérarchie suprême, toute la maison est au courant. Chacun est à son poste. Nous avons à libérer de leur eau les quatorze siphons en un minimum de temps. Pour une fois, pas de problème de recrutement pour actionner ventouses et balayettes, le goût du canular excite les personnels.

Bon, c'est vrai que des toilettes, ça n'a rien d'un studio, et une cuvette, encore moins d'un micro. Ici, pas de loupiote rouge ou verte pour signifier la prise ou la coupure d'antenne. Mais tout est prêt. 20 heures tapantes. Résidentes, résidents, proches voisins dans le secret, auxiliaires, infirmiers, infirmières de garde, Jocelyn qui n'a rien à faire là, mais qui ne voudrait surtout pas rater cela, tout le monde est là, l'audience frise les trente personnes. Je respire un grand coup et je me lance :

— Radio Bleuets ! Radio Bleuets ! Ici l'Enfer !

Silence. Le temps que les mots franchissent les tuyaux. Deux secondes. À peine. Retour immédiat. Un immense éclat de rire explose du rez-de-chaussée jusqu'au troisième, suivi d'une salve d'applaudissements. Parmi tout cela, le rire joyeux de Dialika. Le réseau est au top. Du très très haut débit ! Le calme revenu, d'une voix douce et timbrée, sans préambule, je commence la lecture. J'imagine le public. Tout au bout des conduites. Sa tension. Son écoute. Installé comme il peut au-dessus et autour des cuvettes. Le Vieux Libraire est sûr de son affaire.

Quand je termine ma lecture, je prends une voix de tombeur :

— Chères auditrices, chers auditeurs, vous venez d'entendre un extrait de *La Femme de papier* de Françoise Rey. Je vous souhaite une bonne fin de soirée et vous donne rendez-vous demain soir à 20 heures. Radio Bleuets ! Radio Bleuets ! Ici l'Enfeeeerrrr !

Applaudissements. Youyous. Chahut. Plusieurs résidents réveillés dans leur premier sommeil sortent de leur chambre, hagards dans les couloirs, en chemise de nuit, en pyjama ou en caleçon, inquiets.

— Qu'est-ce qui se passe ?

Ceux qui sont au courant les rassurent :

— Dormez tranquille ! C'est une blague de Grégoire !

Je rabats le couvercle des toilettes. M. Picquier me félicite.

— Tu as été parfait !

Dialika nous rejoint. Me saute au cou dès qu'elle me voit.

— Hé, ma vedette ! C'était génial ! On t'entendait comme du velours.

Et peu à peu, tous les collègues, après s'être assurés que leurs ouailles ont regagné leurs pénates, viennent vers nous chacun leur tour.

— Bravo, Grégoire ! Chapeau, monsieur Picquier ! Vous en faites un duo, un sacré !

L'effervescence retombée, le Vieux Libraire me

retient et me demande encore quelques minutes d'attention.

— Je tiens absolument à ce que tu saches pourquoi cela a si bien fonctionné. Rappelle-toi le principe du palier. Tu commences par un titre accessible comme *La Femme de papier*, ce que j'appelle un Thalweg, et degré par degré, tu accompagnes ton public vers Ceux-des-Crêtes, vers ces livres qui exigent une écoute supérieure. Ne jamais faire l'inverse ou sinon tu les perds. Si je te dis *Le Con d'Irène* de Louis Aragon. *Les Onze Mille Verges* de Guillaume Apollinaire. *Château de Cène* de Bernard Noël… Ça ne te dit rien et ce n'est pas grave. La liste est longue de ces ouvrages parus clandestinement, sous pseudonyme, de ces auteurs jugés, leurs livres interdits, traversant les années sans perdre une once de leur puissance originelle. Bientôt, ton public averti, de lui-même, exigera ces lectures, réclamera ce niveau d'altitude. Mais pour eux comme pour toi, chaque chose en son temps. Goûtons encore quelques Thalwegs. Demain soir, Anaïs Nin, et dimanche soir, Charles Bukowski.

Non seulement nous grimpons en puissance, mais l'audience dépasse totalement nos attentes. Difficile de tenir secret au-delà de quelques heures un enthousiasme collectif de cette ampleur. En vingt-quatre heures, d'une poignée de personnels d'astreinte, nous doublons puis triplons l'auditoire. Des copains de copains. En fait, le personnel étant très féminin, ce sont surtout des copines de copines. Le Vieux Libraire me fait un clin d'œil.

— On n'attrape pas les mouches avec du vinaigre !

On ne peut plus l'arrêter.

Lundi matin, la direction mise au parfum met le holà. Nous sommes tous convoqués en salle de réunion. Mme Masson au mieux de sa forme. Tout d'abord, s'adressant à nous, son personnel, auquel elle accordait toute sa confiance, confiance trahie par quelques-uns au comportement de potache. Nous, riant sous cape, les yeux fixés sur nos sabots.

— Ce qui s'est passé ce week-end dans cette maison est inadmissible ! M. Picquier, cette histoire de radio clandestine doit cesser immédiatement. Je ne veux pas que cette maison devienne un bordel ! Grégoire, revenez à des lectures correctes, c'est un avertissement, ou bien vous la voyez cette porte, et croyez-moi, ce sera sans préavis !

Je rigole jaune.

L'esclandre fait le tour de la ville. M. Picquier s'obstine à dire que cette femme ne comprend rien à la vie.

— Ne voit-elle pas comment on les fait vivre, ses Bleuets ? Cela finira par se savoir qu'on se marre ici. Grâce à nous, elle va l'avoir son taux de remplissage à cent pour cent.

26

Ma mère, abattue par la rumeur :

— Grégoire, mais qu'est-ce qui t'a pris de lire ces obscénités ?

— Maman, ce ne sont pas des obscénités. C'est de la littérature !

Ce mot, tout bizarre dans ma bouche.

— Ce n'est pas ce que m'ont dit mes clientes. Elles sont choquées. Elles m'ont parlé d'un vieux libraire. M. Picquier ?

— Oui, M. Picquier.

— C'est ce vieux détraqué qui te tourne la tête ? Tu veux perdre ton travail ou quoi ?

Un an et demi que je travaille aux Bleuets. Enfin, ma mère lève les yeux de sa machine à coudre. Elle me regarde, étonnée, comme si j'étais un étranger. Dans quelques mois je vais avoir vingt ans et elle me voit toujours comme un gosse de trois ans. Je prends l'initiative de m'approcher.

— Maman, ne t'inquiète pas.

Je mets mes mains sur ses épaules mais je sens monter son agacement.

— Ça va aller ! M. Picquier n'est pas un détraqué. Il m'apprend mon métier.

— Quel métier ?

— Mon métier de lecteur !

— Je ne comprends rien à ce que tu me dis.

— Laisse tomber. Maman…

J'aimerais tellement l'amadouer, faire en sorte qu'elle me consacre un peu de son temps.

— Maman…

Rien n'y peut. Sans la moindre empathie, elle me fixe d'un regard plein de reproches dans lequel je peux voir la misère qu'elle endure à longueur de journée pendant que son fils lit des histoires de fesses dans une maison de retraite. L'avocat de ma défense est resté aux Bleuets. Monsieur Picquier, expliquez à ma mère qu'on peut vivre en lisant des bouquins.

— Non, Grégoire, n'explique rien. Prends un livre. Installe-toi et fais-lui la lecture. Un roman qui lui tire toutes les larmes de ses yeux, là seulement, elle daignera constater que son fils a grandi sans le secours de personne. Ce qui coince par la tête doit passer par le cœur.

L'Atelier de Marie-Claire de Marguerite Audoux. Faut que ça chiale, sinon je me fais teindre la moitié de la tête en vert pomme !

— Maman…

— …

— J'ai pensé…

— Ce n'est pas le moment, Grégoire !

— J'ai pensé que ce livre te plairait.

— Écoute, Grégoire, Mme Théron arrive dans trois quarts d'heure, si son manteau n'est pas fini…

— Je me fais tout petit. Je lis. Toi, tu m'écoutes. Je ne t'empêche pas de travailler.

Pas gagné mon affaire. J'entends ma mère marmonner sur son épingle qu'elle tient toujours entre ses lèvres pincées : « Si son manteau n'est pas fini, le Turc sera bien content de faire son ourlet. Il prend moins cher pour les bricoles et moi ce sont les petits travaux qui me sauvent. Pour les chantiers de grande confection, j'y passe toujours bien plus de temps que j'en facture. Il est marrant le gamin. »

Quarante minutes, j'ai lu les premières pages d'une vie d'esclave différente de la sienne, mais ma mère, semble-t-il, a aimé. La sonnette de la porte d'entrée la fait revenir sur terre.

— Va ouvrir.

Oui je sais, Mme Théron n'aime pas attendre. Mme Théron aime faire sa suffisante. Quand j'ouvre la porte, elle est surprise.

— Ah ! Vous êtes là ? Vous n'êtes pas licencié au moins ?

— Non, pas encore.

— Vous me rassurez.

Quelle hypocrite ! Elle a gueulé plus fort que toute la meute.

— Vos bêtises ont fait le tour de la ville, vous pensez. Vos histoires, mon mari, ça l'amuse. C'est un homme. Moi, je me mets à la place de votre mère. Elle se fait du souci et c'est bien légitime. Vous devriez réfléchir à un métier, Grégoire, un vrai. Votre mère se donne du mal.

Elle va la fermer, sa grande gueule ? Et ma mère qui approche une chaise pour Mme Théron. Et ma mère qui lui demande si elle prend son café avec un ou deux sucres. Maman, maman chérie, relève la tête. Envoie-les chier, Mme Théron et ses manières. Je prends mon livre et je me casse dans ma chambre. À peine ai-je tourné les talons que cette pouffiasse enchaîne :

— Un beau jeune homme, madame Gélin ! Un beau jeune homme qui plaît aux femmes, vous savez. Vous connaissez sa petite amie ?

Ah non ! Pas ça, madame Théron, surtout pas ça ! Pas touche à Dialika. Je redescends les trois marches, je coupe court.

— Madame Théron ?

— Oui ?

— Vous êtes venue ici pour récupérer un manteau ?

— …

— Maman, le manteau de Mme Théron est prêt ?

— Oui, il est prêt, mais qu'est-ce qui te prend ?

Ma mère bafouille encore trois mots.

— On discute entre mères, on n'a pas besoin de toi.

Mme Théron, plus vicieuse que jamais.

— Susceptible votre garçon, madame Gélin !

Puis m'adressant directement la parole :

— C'est une très jolie femme, Grégoire, et moi je dis que vous faites un très beau couple.

Pour se défendre, le mieux c'est d'attaquer.

— Vous avez raison, madame Théron. J'en parlais justement l'autre jour avec votre mari quand il est venu nous rendre visite, les Africaines, vraiment, ce sont de sacrées baiseuses ! Il avait l'air d'accord.

— …

— …

Ma mère renverse sa tasse. Sa petite cuillère tombe sur le carrelage. Elle écarquille les yeux et, d'une voix proche de la suffocation, me dit :

— Enfin, Grégoire ?

Quand on connaît la sympathie de M. Théron pour l'extrême droite et son credo – « Les étrangers dehors ! » –, ma plaisanterie n'amuse personne et madame encore moins. Visiblement je l'ai calmée, elle jette l'éponge. Très digne, elle repose délicatement sa tasse sur la table, s'essuie les commissures avec son petit mouchoir, se lève, tire sur sa jupe et demande à ma mère :

— Pour le manteau, je vous dois combien ?

Ma mère ne sait plus comment elle s'appelle. Elle bafouille des excuses :

— Mais vous me paierez la prochaine fois, madame Théron.

Là, j'interviens et je suis ferme.

— Tu sais très bien que Mme Théron ne reviendra pas. Dis-lui combien elle te doit et vous êtes quittes ! Cette femme n'a rien à faire sous notre toit.

La scène vire au drame. Ma mère s'effondre en larmes. J'intime à Mme Théron de prendre son manteau, de régler ce qu'elle doit et de s'en aller. Quand je reviens auprès de ma mère, j'essaie de la consoler comme je peux.

— Maman, si tu as le moindre manque à gagner, je te promets que je t'aiderai. Je suis passé titulaire. Animateur premier échelon. J'ai pas de frais. Pas de voiture. Pas de loyer.

Ma mère pleure de fatigue, de rancœur, d'un abcès qui tardait à crever, d'un abcès qu'elle était incapable de percer par elle-même. Supporter sans rien dire ces vipères qui se repaissent de potins, qui balancent l'air de rien des tombereaux de médisance, à longueur de journée. Elle finit par avouer que j'ai bien fait de la mettre dehors « cette salope » ! Qu'elle se lâche, ma p'tite mère.

— Hé ! Maman, tu t'entends ?

Pour la féliciter de son écart de langage, je l'embrasse sur la tempe.

— Une de perdue, dix de retrouvées !

Elle récupère tous ses esprits.

— Tu ne m'as jamais parlé de ta petite amie. Tu peux bien me raconter, tout le monde semble au courant sauf ta mère !

— Elle va te plaire, j'en suis sûr.

— Je n'en doute pas, mais dis-moi son prénom !

— Dialika !

— Dialika ? C'est joli !

— Elle est sénégalaise.

Ma p'tite mère ne bronche pas.

— Qu'est-ce qu'elle fait ?

— Elle travaille aux Bleuets. Infirmière.

— Infirmière ! Ça, c'est un métier.

27

M. Picquier n'a plus la main. Je m'exhibe amoureux. Je m'exhibe insolent et cruel comme on l'est à vingt ans. Puis-je ignorer qu'il s'en agace ? Bien sûr que non, je sais bien qu'il préfère me tenir près de lui pour soi seul. *Son* Grégoire. *Son* lecteur. Dialika fait obstacle. Mais ce que j'ignore, c'est qu'à présent il est jaloux, or je ne vois rien. Je ne veux pas voir. Dialika me prévient :

— On ne passe pas tout ce temps côte à côte dans une chambre sans que cela se traduise par un geste ou un mot. Tu mets le feu, te plains pas si ça brûle ! Ouvre les yeux !

Jusque-là ma candeur protégeait sa pudeur. Une pudeur prise au piège d'un émoi dont il eût préféré se garder, j'en suis sûr. Côtoyer ma jeunesse sans pouvoir la toucher sous prétexte d'orgueil, de morale, sous prétexte des deux, tourne vite au supplice de Tantale. Le verrou va sauter.

Jalousie, inconscience ou folie de séduire une fois encore avant de mourir, l'insistance qu'il met ce jour-là à rectifier la posture de mes mains sur le livre me dessille les yeux. Je perçois sa tendresse contrainte à ne pas dépasser la limite du geste technique. Quand nos regards se croisent, ils n'ont peut-être jamais atteint une telle intensité. Ma surprise est réelle. Preuve en est, je rougis. Il baisse les paupières, s'incline vers mes mains, inspire la douceur de ma peau, puis relève sa tête et repose ses yeux dans les miens. Se sachant découvert, il choisit le silence. Je reprends la lecture. Lors, mon timbre de voix est celui d'un tyran, de celui qui connaît la souffrance de l'autre sans entendre une seconde l'atténuer. Séduire, vivre et mourir. Le Vieux Libraire est arrivé à l'échelon trois.

28

Rien pour moi ne pourra remplacer mes séances d'entraînement au canal. J'y vais seul. Le soir. Après ces heures passées à lire de chambre en chambre, au salon, à échanger avec le Vieux Libraire sur le contenu de mes séances, la pertinence de mes choix. Il lâche enfin la bride, nous le souhaitons réciproquement. Cette tension requise à ma concentration, cette écoute des autres, ma stupeur devant toutes ces souffrances, moi, debout devant ça, plein de vie. Une injure. Et tant d'autres questions. Chaque fois, je m'éloigne des Bleuets, épuisé d'avoir eu si longtemps ce plafond mortifère sur la tête.

Geste premier à l'approche de l'eau, je respire. L'odeur de vase. Primitive. S'échappe alors de moi l'humain social et culturel. Je désenglue le verbe de ses mots. Je ne suis plus qu'un cri. Je saute. Torse nu. En maillot. Mes lunettes de grenouille sur les yeux.

Maintenant que nous sommes en octobre, l'air est plus doux, un poil plus frais, mais se baigner en automne, délicieux enchantement. La lumière est empreinte de fruits. Les oiseaux, pour certains, sentent déjà cette odeur de *partir*. J'écoute un geai. Toujours le même. D'une ponctualité de TER, il passe de frêne en frêne tout le long du canal. Je déroule la nage au milieu des feuilles mortes qui se laissent glisser au courant comme glissent les gerris en se jouant de l'eau sur leurs pattes hydrophobes. Ma mémoire devient molle, se délite comme le livre de Bachelard a dû se déliter depuis qu'un vieux libraire l'a balancé dans le canal pour m'enseigner l'infiltration. Je me souviens d'une pierre plate trouvée près de l'écluse où je nage actuellement, les épaules luisantes dans le jour qui décline.

Parfois, je nage jusqu'à ce que la nuit devienne noire. Entre les deux écluses, il y a trois cents mètres. Aller-retour. Deux fois. Un kilomètre deux. Vidange de l'esprit. Heureux de me trouver simplement sous la lune. D'oublier ce qui m'attend.

— Ah ! Grégoire, vous êtes jeune ! Profitez… La vie passe si vite.

Foutaises. Une vie, c'est long. J'ai vingt ans. Travailler quarante ans. Quarante-cinq. Mon ventre, ma gorge, tout se verrouille. Je me vois au final à leur place, des regrets plein la gueule. Le vieil homme m'a filé ses béquilles. La lecture. Et alors ? Ici dans l'eau, plus de handicap. À la force de tes bras, tu avances. Tu ne sais plus qui de toi ou de l'eau porte l'autre, et c'est bien de douter des limites. En plongeant dans le bief. Le corps et son plongeon. Rien autour. Le silence ou peut-être un héron en colère.

Un soir, plus tendu qu'à l'ordinaire, je m'obstine à me rendre au canal alors que l'orage menace. Des nuées noires donnent aux feuilles jaunes des peupliers un éclat de pièces d'or dans le fond d'une cave. Tout tremble. Tout frémit. Une canonnade muette soulève l'horizon. Des éclairs ponctuent les mouvements de ma nage. Une première bourrasque passe, chargée de feuilles et d'eau, horizontale, parallèle au chemin de halage, parallèle au canal, au curseur de mon corps obstiné à noyer cet étau qui m'oppresse. Quand le ciel s'effondre.

Un vacarme de pluie. Effrayant. Vertical. Je jouis là de deux eaux. L'une froide, arrivée de très haut. L'autre tiède, recevant des milliards de piqûres que ma peau de rouquin partage sur un mètre quatre-vingts de longueur. J'imagine un peuple ne vieillissant jamais, n'ayant pas à connaître l'horreur des couches puant la pisse, la merde acide provoquant l'érythème, le flétrissement des chairs, toutes ces fuites de tuyaux. Refusant tout cela, je me mets sur le dos. Bras écartés, bouche ouverte au déluge, je fais la planche dans un carré de nénuphars. Le souvenir de Mme Giroud me hante.

29

Le bief est un royaume où, seul, je fais le tri. Concentré. Isolé. Je n'entends rien. Que mon souffle. *Plouf* ou *ploc*. Peu importe, ce jour-là, ça me tombe à deux doigts de la tête. On me balance des cailloux !

Je me redresse. J'aperçois une silhouette sur le chemin de halage. Quand j'enlève mes lunettes, je vois mieux, ils sont deux – Dany l'ordure et un mec que je connais du lycée. Canette de bière en main, tranquilles, ils se rapprochent, caillassent encore. Par réflexe, je m'éloigne vers la rive opposée mais je ne pourrais remonter de ce côté, les plaques de fer que l'on enfonce profondément dans le sol pour protéger les berges de l'érosion interdisent toute échappatoire. Ils sont malins. Ils l'ont compris.

Les deux s'arrêtent à ma hauteur, sourire en coin, de ce sourire du prédateur qui voit sa proie coincée. Dany, sa voix grossière, son grain fielleux, Dany badine. Il s'adresse à son pote :

— Tu te rappelles le fils Gélin, le p'tit rouquin qu'a raté le bac comme toi, la même année. Sa p'tite gueule d'ange. S'est fait pistonner par le vieux pédé de la librairie. Il fout plus rien. Monsieur fait la lecture. Il se donne des airs. Regarde-le, il s'entraîne !

Il porte sa canette à ses lèvres, renverse la tête et la vide jusqu'à la dernière goutte. Satisfait, il s'essuie du revers de sa manche, puis d'une force de taureau, il écrase sa canette, la compacte en une boule de métal qu'il me jette à la gueule. Il rigole.

— C'est toi ou lui qui suce, hein ?

Je n'ai pas pied. Je disparais sous l'eau. J'essaie de leur échapper. Peine perdue. Ils me suivent tranquillement. Me dominent de deux mètres. Me balancent des caillasses au rythme des insultes.

— Hé la fiotte, on t'parle !

Des deux, je ne parviens pas à voir lequel me lance les plus grosses pierres. Les enchères montent au rythme de leurs trouvailles.

— Les parkinson, c'est les meilleurs pour la branlette !

Dany brandit une pierre énorme. Tout va très vite. La peur ou je ne sais pas. D'un seul mouvement, je jette mon corps dans les roseaux. Je bois la tasse. Goût dégueulasse. Je tousse. Ils exultent.

— Avale, pouffiasse !

Souffle court, hébété, je patauge. Jette mes lunettes dans l'eau. Couvert de vase, j'essaie de me mettre debout. Le spectacle les éclate. Je n'ai plus peur.

— Encore un mot, je vous pète la gueule !

Et, parvenant tant bien que mal à me sortir des roseaux, me voilà sur la berge. Dégoulinant de terre, de feuilles, furieux, sans réfléchir, je cours vers Dany. Je l'empoigne à bras-le-corps et je retombe dans le canal avec lui dans mes bras. Il a à peine le temps de crier :

— Arrête tes conneries, j'sais pas nager !

Dany l'ordure ne fait plus le fier. L'eau nous arrive

à peine au ventre, il a les yeux exorbités. Moi, le canal, c'est mon terrain. Je connais ses berges sur le bout des doigts de pied. Pas une galerie de rats musqués qui ne me soit familière. Dany s'enfonce dans la vase. D'une voix méconnaissable, effrayé, il implore :

— Fais pas le con, bordel, aide-moi à remonter !

Sur la berge, son copain, impuissant, nous regarde patauger. Puis sortant de sa torpeur, il se met en colère :

— Lâche-le enfin ! On déconnait, quoi !

Justement, l'argument qui ne passe pas. Tu ne connais pas Dany, avec lui, c'est jamais d'la déconne. Avec lui, c'est toujours pour blesser, humilier, enfoncer. Je me déchaîne. Je ne peux plus m'arrêter. Je tape. Je crie. Je hurle :

— Fous-moi la paix ! Fous-moi la paix ! J'fais la lecture à qui je veux. Et on me paie. Ta gueule ! Ta gueule !

Dany bat des bras. Se protège comme il peut. Paniqué, il finit par tomber dans l'eau noire. Son copain n'en peut plus. Il crie de toutes ses forces :

— Gélin ! Arrête !

Jamais personne n'avait crié mon nom comme ça. L'électrochoc est radical. Je m'arrête. Je le regarde. Je regarde Dany à quatre pattes dans la vase. Je fais le compte : j'ai perdu mes lunettes mais Dany n'est pas près de revenir à la charge. Je me jette dans le canal. Je m'ébroue, puis je nage en laissant derrière moi un sillage plein de boue.

30

Ceux de 14 de Maurice Genevoix. Dix-septième séance. Un journal dans lequel le jeune écrivain qu'il était à l'époque consigne jour après jour la Grande Guerre dans ses moindres détails. M. Picquier me confie sans ambages :

— Cette période de l'histoire m'a toujours fasciné.

Je lis l'horreur. Je découvre une guerre comme jamais aucun prof n'aurait pu me l'enseigner.

Sans prévenir, comme souvent, il me coupe au milieu de ma lecture et pioche à l'improviste dans son vivier inépuisable de questions :

— Dis-moi, Grégoire, y a-t-il un héros dans la peau duquel tu aimerais te glisser ?

Long silence et soudain sans rapport, comme la foudre, je réponds :

— Un arbre.

Ma réponse me surprend. Plus encore, elle surprend le vieil homme, car le livre de Genevoix nous parle de bravoure en des termes qui n'ont aucun lien avec l'arbre.

— Un arbre ? Explique-toi.

— J'dis ça comme ça.

— Tatata ! Cherche bien, rien ne se dit au hasard.

Oui c'est vrai, rien ne se dit au hasard, j'essaie donc de trouver quoi lui dire pour justifier une telle réponse, mais quand j'ouvre la bouche, il me semble qu'un autre parle pour moi. L'impression est étrange. On dirait que j'écoute :

— J'aime les arbres et j'éprouve pour eux, d'une façon très diffuse, de l'admiration et du respect, ce sont les premiers mots qui me viennent. Si je devais être l'un d'eux, ce serait ce vieux saule au milieu du marais en contrebas du canal, vous savez, près de l'écluse où je m'entraîne.

Je réfléchis. Je me laisse le temps de voir l'image. Dans mon esprit, elle est très nette. Les yeux vides au présent de la chambre où nous sommes, je reprends, plus pensif que jamais :

— Il est unique cet arbre. Vous comprenez, pour moi, c'est un héros auquel je peux m'identifier très facilement. Il est seul. Le marais qui l'entoure est immense. Ses racines s'enfoncent dans la tourbe et ses branches se déploient en parapluie de couleur vif-argent. Dans son ombre, l'été, les vaches se reposent. C'est un héros et en plus il protège.

— C'est souvent.

— De haut en bas, il est fendu, en fait, il est ouvert. Tenez, comme le livre de Genevoix.

Je lui montre *Ceux de 14* posé sur le lutrin. Édition poche. Énorme. Épais.

— La foudre d'un orage, je ne vois que cela.

— Non, je ne pense pas. J'y vois plutôt un lent travail de parasites. Quelques chenilles mineuses ou autres dévoreurs de cellulose. Sa pourriture au cœur est rouge d'un côté, blanche de l'autre, et chaque part se tourne vers le sol en symétrie presque parfaite. Le marcottage des deux branches faisant ainsi racines ressemble à des trompes de tapirs qui fouissent la terre. Il suce. Il pompe. Dites-le comme vous voulez. C'est cela être un arbre, monsieur Picquier. C'est ce combat. Cette bataille en deçà du cruel. En deçà de l'humain. En deçà des Thalwegs et de toutes ces horreurs que nous lisons dans ce livre. Devant cet arbre, ne riez pas, j'emploie vos propres termes, devant cet arbre, *nous sommes des rigolos*.

Il me regarde abasourdi. Les yeux ronds. Non sans difficulté, il se redresse sur son séant et me menace de son index droit. Son bras, sa main, sa bouche tremblent. Il s'insurge :

— Tais-toi, Grégoire. Je t'interdis le désespoir. Tu es trop jeune.

Une quinte de toux le secoue. Il s'étrangle. Je m'obstine :

— Mais ce n'est pas du désespoir, monsieur Picquier ! C'est de l'amour pour autre chose…

— De l'amour pour autre chose ? Il faudra que tu m'expliques.

Je m'apprête à lui dire n'importe quoi pourvu qu'il n'ait pas le dernier mot, j'en ai ma dose du Vieux Libraire et de ses leçons, mais Dialika nous interrompt :

— Oh ! oh ! Les copains. Qu'est-ce qui se passe ? C'est la guerre ? On vous entend jusqu'au parking !

Dialika. L'heure de la piqûre. Son irruption joyeuse a le mérite de me faire revenir aux Bleuets. M. Picquier vomit ses bronches. Je lui passe sa boîte de mouchoirs.

— Qu'est-ce qui vous met dans cet état ? lui demande-t-elle.

M. Picquier pointe du menton le livre de Genevoix posé sur le lutrin. Sa toux devient inextinguible. Dialika ferme le livre pour lire le titre en couverture.

— Vous m'inquiétez, monsieur Picquier, vous n'avez vraiment rien d'autre à lire ? Pour la peine, allongez-vous. Allez, soyez gentil, baissez un peu votre pantalon et donnez-moi une fesse.

— *Prêtez*, mignonne, seulement *prêtez* !

— Comme vous voulez, mais ce que j'aimerais, c'est que vous cessiez de tousser, ça vous fatigue.

Le soin qu'apporte Dialika à son rituel augmente encore le silence dans lequel je m'enferme. Je ne me reconnais pas. Je m'apprête à quitter la chambre pour les laisser tranquilles.

— Non Grégoire, s'il te plaît, reste un peu, me demande le vieil homme.

Allongé sur son lit, le pantalon juste baissé ce qu'il faut, une main sur l'oreiller, l'autre posée sur le bras de son fauteuil, visage tourné vers la fenêtre, tout à l'effort de retenir une nouvelle quinte de toux, M. Picquier entame un long murmure :

— À force d'écouter les yeux fermés mon père planter des arbres, ai-je un seul jour douté qu'en les tenant vraiment ouverts, je serais apte à voyager dans toutes les forêts…

Si discrète que soit Dialika, toute une gamme de petits bruits accompagne ses gestes et ponctue le murmure du vieil homme.

— … En admettant que cela soit, le pied tordu dans une ornière, je dois avouer que ce serait non. L'expérience est humaine, répondait-il à mon désir têtu d'écrire des textes, et comme un peu de ces brouillards que l'on secoue, je comprenais soudain par fleuve interposé l'inexplicable envie où mes racines allaient. J'avais besoin me semble-t-il d'un véritable guide quand l'eau m'a pris la main. Car même avant d'avoir pensé à tout ce qu'elle pouvait écrire, ma main me conduisait où l'eau toujours nous achemine, là où les feuilles au bout des branches appellent aux vocalises. Sempiternelle éclaboussure à ces questions d'oiseaux, s'il se peut faire qu'ils aient encore la peau des lèvres douce, dès aujourd'hui, à ma sauvage boucle d'oreille, je veux m'entendre dire l'apocalypse au fil des eaux, où cris feuillus à mots couverts, ruisseaux et bouches s'alimentent à la cuillère au fond des nids quand viennent y pondre les giboulées de mars ou bien d'avril. Tout est caduc et c'est un signe qu'il est fini le temps des haches depuis belle lurette. J'entends précisément venir celui des tronçonneuses. La pluie en goutte à goutte mêlant à notre sueur celle des forestiers est bien de celle où la légende a pour principe d'envahir toutes les chaises par la mousse.

M. Picquier ferme ses yeux. D'un morceau de coton, Dialika lui tamponne la fesse. Le poème est fini. J'aurais aimé qu'il se poursuive un peu.

— Mission accomplie, monsieur Picquier ! De qui est-ce ?

— Le poème ? De moi. Je l'ai écrit, il y a soixante ans. J'habitais la campagne. Mon père aimait les arbres. Quand Grégoire m'a dit que c'étaient ses héros, d'un seul coup, ça m'est revenu. C'est curieux la mémoire.

Dialika me regarde.

— Tes héros, les arbres !?

Je ne dis rien. Je suis muet. Dialika reviendra à la charge.

— Vous avez publié ? lui demande-t-elle.

— Non, jamais.

— Ce serait un beau projet, monsieur Picquier !

Le Vieux Libraire sourit.

— Tu es mignonne ! Sérieusement, as-tu déjà vu quiconque entrer ici en ayant des projets ?

— Justement, ça changerait. À votre façon, soyez un arbre ! Devenez son héros.

Elle me pointe du doigt. Sa fraîcheur désarmante m'incite à faire la paix. Avec le Vieux Libraire, cela ne devrait pas poser de problème, avec moi-même, on verra ça plus tard. Elle réunit son matériel, puis nous quitte en regardant M. Picquier.

— Je compte sur vous !

31

La chemise cartonnée était jaune. Jaune citron. Une chemise à rabat avec deux élastiques en travers sur les coins en bas à droite et en haut. À l'intérieur, l'équivalent d'une ramette de textes manuscrits en lettres majuscules au stylo bleu sur des feuilles à petits carreaux. Un trésor que le temps s'amuse à jaunir un peu plus chaque année. M. Picquier hésite encore :

— J'accède à ton souhait, Grégoire, à une seule condition. Ces textes ne doivent pas sortir d'ici. Lis-les sur place. Je ne supporterais pas de me savoir loin d'eux.

— Même pas pour les photocopier ?

— Non, désolé.

Sur la chemise, c'est écrit : *Le Sanctuaire des tumultes*.

— Le titre ?

— Si tu regardes bien, ce n'est pas la même écriture. J'ai mis ce titre bien après les avoir regroupés. Un peu comme on referme une boîte de Pandore en espérant n'avoir jamais à la rouvrir. Ça grouille de mes vingt ans là-dedans. Ça grouille de toutes les fureurs qui nous traversent un jour lorsqu'on est jeune et puis, selon la vie que l'on se donne, deviennent pour la plupart des panoplies fanées. On les ressort à l'occasion, comme une Toussaint qui, une fois l'an, se rappelle ce qu'est le chagrin. Cette chemise jaune est un cimetière, Grégoire ! J'ai mis *Sanctuaire*, c'est plus...

— Poétique ?

— Oui, ça ronfle plus. Ces poèmes m'ont permis d'être heureux du temps que j'ai passé à les écrire. C'est tout ce que je leur demandais. Je ne vois vraiment pas l'intérêt qu'il puisse y avoir à les lire aujourd'hui.

Je les ai lus. Je les relis une deuxième fois. Quand un poème me plaît, je le recopie. Il est d'accord. Et surtout, je les teste à voix haute. Certains sont très physiques.

— Soulève tes pieds, me dit-il, mais seulement les talons, de manière à rester en suspens sur le temps de l'hémistiche. Tes bras suivent. Ça descend, ça remonte. Laisse-toi gagner par le rythme des mots. Tu vas voir, c'est de l'hypnose.

Debout entre son lit et la fenêtre, je dispose de peu de place mais je brûle de tester cette osmose entre un texte et mon corps comme jamais je n'ai testé.

— *« Dans le vide effrayant des plus hautes falaises / De désert z'en désert nourrissant chacun d'eux / Magnifique à dos d'âne au spectacle du vent / Caravane elle arrive eh bien justement sans / Z'aboutir aboutir / Aboutir aboutir / Aboutir ammoniac / Ammoniac oasis et n'en plus revenir que le corps déchiré par le cri des choucas... »*

— Claquements de langue en braquant tes deux mains devant toi comme des colts. Douze claquements. Tout sur six. Deux fois six et le dernier en dix-huit.

Je m'exécute. Claquements de langue comme le Vieux Libraire me le demande et j'enchaîne :

— *« Lorsque enfin du soleil par défaut d'une issue / Ne pouvant s'abriter dans d'immenses couloirs / Des suicides z'au poêle mettant feux à la terre / Sachons être de ceux qui descendent de selle / Comme aux temps pyromanes eh bien justement sans / Z'aboutir aboutir / Aboutir aboutir / Aboutir ammoniac / Ammoniac oasis et n'en plus revenir que le corps déchiré par le cri des choucas… »*

— Claquements de langue. Douze claquements.

— *« Flambant neuve et d'estime embellie d'uppercuts / Pour tomber des flammèches de phrases au tapis / Que de rats z'à la coupe idiotie du jarret / Hosanna au plus haut des anus amical / L'allumette est battue eh bien justement sans avoir une seule idée d'où pourraient se situer les fameux extincteurs… »*

— *Cut* violent. Tu te ramasses sur toi-même et t'attends que le silence fasse le reste.

Essoufflé mais radieux, j'exulte :

— Trop génial ! J'ai la tête à l'envers.

— Maintenant, tu comprends ce que je te martèle depuis des semaines quand je te demande de *t'ajouter* aux mots. Tes genoux. Tes coudes. Ton corps de A à Z. Quand tu piges ça, tu peux tout lire. Après, ne me demande pas de t'expliquer précisément le mystère du poème. Je n'en sais rien. Ce que je sais, c'est que cette farce ne doit pas sortir de cette chambre. Grégoire, regarde-moi ! On est d'accord ?

D'un hochement de tête, je lui confirme que c'est OK, rien ne sortira d'ici sans son consentement.

— Je vais mourir dans pas longtemps.

— …

— J'ai demandé qu'on m'incinère. Et tant qu'à faire,

j'ai demandé que mes livres m'accompagnent ainsi que mes archives.

C'est le terme qu'il emploie pour parler de ses poèmes.

— As-tu déjà entendu parler de ces empereurs mégalos qui, à leur mort, se faisaient enterrer, incinérer, peu importe la manière, avec leur garde rapprochée, leurs épouses et leur armée ?

— …

Il sourit. Il se moque de lui-même.

— Sois rassuré, je ne demande à personne de s'immoler à ma gloire. Par contre, tout cela devra brûler.

Il a ce geste circulaire pour me montrer les quatre pans de sa bibliothèque.

— Mes livres et mes archives sont à la fois ma garde, mes épouses et mes soldats, et en brûlant, leurs cendres mélangées aux miennes pourront servir d'engrais à un arbre, qui sait ? L'audace serait qu'on me disperse dans une usine de pâte à papier ! Le délire, Grégoire. Ah ! ah ! ah ! Vive la morphine ! Ma mégalomanie enfin comblée ! Le nombre de livres à la fabrication desquels je serais ainsi mêlé. Quand on peut décider de la fin du spectacle, ce serait dommage de s'en priver. C'est le seul projet qu'on puisse avoir lorsqu'on franchit le seuil d'une telle maison. Que n'ai-je eu le courage d'en finir dans mon coin avant d'être contraint de venir dans cette taule. Que veux-tu, on a peur. Aujourd'hui, je suis prêt.

32

Jour après jour, je l'écoute me parler de sa mort. Son projet est devenu imminent. Il regarde sa vie s'éloigner du miroir comme une flaque qui sèche. Il aimerait disparaître dignement. Aux Bleuets, nul ne semble disposé à le prendre au sérieux, ses propos, me dit-on, sont routine. Il est vrai que son côté hâbleur a endormi la vigilance de Jérémy et de son équipe. Pour ma part, je n'ai pas d'expérience et surtout, je n'ai pas voix au chapitre en matière médicale, mais j'entends les signaux qu'il nous lance. Il ne mange plus. Ce matin, il refuse que je lui fasse sa toilette. Il me dit :

— À quoi bon ?

Il désarme. De but en blanc, je lui demande :

— Monsieur Picquier, que puis-je faire qui puisse vous aider ?

Avant de me répondre, il m'observe un moment comme on teste du pied la passerelle qui s'engage au-dessus d'un torrent.

— Grégoire, es-tu certain de vouloir entendre ce que j'attends de toi ?

Mais quelle mouche m'a piqué de lui poser cette question ? Je crains d'avoir franchi un seuil qu'il eût fallu ne pas franchir. Je déglutis, la gorge nouée, et dans ma tête j'écris le pire des scénarios.

Oui, il ouvre sa main. Il me tend la notice d'un médoc qui à dose XXL l'aiderait à passer. « Je me suis renseigné, dirait-il. Pour être sûr que ça fonctionne, il me faut quarante-cinq comprimés. Arrange-toi pour les gratter discrètement dans les piluliers de mes voisines. Une molécule de moins sur les dizaines qu'elles ingurgitent, qui le remarquera ? » Je l'interromps. « Monsieur Picquier ! Vous ne pouvez pas me demander cela. » Je lui balance mes arguments. Ma jeunesse. La culpabilité que mon aide apportée à sa mort me donnerait pour toujours. Et tout le fatras du « prêt-à-dire » qu'on nous injecte à longueur de réunion pour bien gérer l'affaire si elle nous tombe dessus. Je suis briefé jusqu'au trognon et malgré cela j'ai la bouche vide.

— Tu ne dis rien ?

Mon mutisme l'oblige à finir son idée.

— J'aimerais que tu quittes un moment Les Bleuets.

Ah, si je m'attendais ! L'électrochoc.

— Pardon ?

Il répète :

— J'aimerais que tu quittes un moment Les Bleuets…

J'ai donc bien entendu. Mon incrédulité est telle qu'il répète toutes ses phrases.

— Pour marcher. Marcher pour moi.

Je me réveille.

— Où ça ?

Il prend soin de ne pas me brusquer, en fait c'est déjà fait.

— Vois-tu, Grégoire, mourir en ayant des regrets, ce n'est pas confortable. Ça prend de la place dans un cercueil, les regrets.

— Quels regrets ?

— Je suis gay. J'aime les hommes. Le penchant que l'on a pour un sexe et qu'on n'a pas pour l'autre, c'est la vie qui veut ça. J'aime les hommes et, si curieux que cela puisse paraître, j'aime aussi profondément les femmes. Comment vivre avec ça ? Surtout, comment mourir ? Dans l'état où je suis, je ne pense pas que le moment soit le plus opportun, mais tant pis, je tente le coup. J'aimerais, grâce à toi, rendre hommage à une femme éternelle entre toutes.

— …

— Il y a près d'ici une abbaye. L'abbaye de Fontevraud. Tu connais ?

— Non, connais pas. C'est loin ?

— Un peu plus de deux cents kilomètres. Deux cent cinquante, je crois.

— Sérieusement ? Vous voulez que je marche jusque là-bas ?

— Oui, j'aimerais.

— Il faudrait combien de temps ?

— Gaillard comme t'es, pas plus de dix jours.

— Et je dors où ?

— Oh Grégoire, ce n'est pas la grande aventure que je te demande, on n'est pas dans le désert !

— Oui d'accord, je fais les bornes, mais dans quel intérêt ?

— Suis bien mon raisonnement. Tu aimes nager ?

— Évidemment que j'aime nager ! Mais que ce soit à la nage ou à pied, sincèrement, il est où l'intérêt ?

— N'aie crainte, je ne te demande pas d'y aller à la nage, je veux seulement t'expliquer. Tu aimes nager, toi. Moi, j'aime marcher, enfin j'aimais. Et si les deux n'ont rien à voir, qu'il marche ou qu'il nage, la distance que le corps accomplit dans l'espace rend tangible le temps nécessaire pour le faire. Cette idée ne quitte pas mon esprit, moins encore aujourd'hui que je suis immobile. En te donnant procuration, mes tout derniers instants seront remplis de chacun de tes pas. L'être humain est mouvement. Regarde autour de toi. Non, pas ici aux Bleuets. Là, dehors ! Dans la vie. La vraie. Ça danse ! Ça nage ! Ça saute ! Ça marche ! Ça bouge ! Si t'acceptes mon projet, te savoir en mouvement me donnera de la force pour céder à la mort.

Apparemment, il a fini. J'emmagasine et je régurgite :

— Si je comprends tout, monsieur Picquier, je marche pour vous, vous baladez virtuel, à la rigueur on correspond par SMS…

— Oui, oui, c'est ça, tu m'enverras des SMS !

— … Vous nous quittez, cette fois en vrai, et pour moi sauve qui peut ! C'est drôlement fun ! Et sur place, qu'est-ce qui se passe ?…

— Où ça ?

— À l'abbaye !

— À Fontevraud ?

— Oui !

— Ah, là, mon ami, tu vas vivre une grande émotion ! Du moins, c'est ce que je te souhaite. Quand tu vas découvrir l'abbatiale et le lieu dans lequel elle se trouve, tu ne peux pas résister. Ça te prend à la cage thoracique. Tu respires. Tu respires. Ton esprit s'élargit. À t'en parler, je retrouve l'impression sidérante qui m'a saisi la première fois que je m'y suis rendu. Impression de dehors, de dedans, constamment en échange. Un dialogue de chaud et de froid comme un texte de pierre qui s'élève au milieu de la forêt. Tu comprends ?

Je ne dis rien.

— Une montgolfière, Grégoire ! Une montgolfière échappée de la pure contingence !

Il attend un sursaut :

— Effectivement…

Que voulez-vous que je dise de plus ? Cela suffit à le relancer.

— J'étais tout jeune, poursuit-il, et j'y allais pour mettre des escaliers, des murs, des galeries et des cours, sur les mots d'un écrivain majeur du XXe siècle, Jean Genet, qui a écrit un roman sur l'abbaye transformée un moment en prison. Paradoxal, n'est-ce pas, cette idée d'ouverture de l'esprit dans un lieu où les portes se referment derrière soi ? Il faut dire que Genet est un dur de l'évasion spirituelle. Une figure mythique pour nous, les intellos homosexuels. J'y allais pour Genet, pour accroître si possible le culte que j'avais de ses phrases flamboyantes de sang, de sueur, de salive et de sperme et, au lieu de cela, je rencontre une femme.

Le Vieux Libraire est fatigué mais il surveille son auditeur et il voit bien que cette rencontre suscite en moi un regain d'intérêt.

— Oui Grégoire, une femme… Une belle femme… Aliénor d'Aquitaine ! Un grand choc. Tu vas voir, sous une voûte tenue à seize mètres de hauteur par de grandes colonnes de calcaire, quatre gisants au milieu d'une nef. Du sol au ciel en montant par les murs ajourés de vitraux, uniquement de la pierre sur laquelle réverbère le moindre bruit que tu fais. Là-dedans, du silence et l'écho du silence. La lumière et ses orgues à l'oblique qui caressent les gisants d'Henri II, d'Aliénor, de Richard Cœur de Lion et celui d'Isabelle d'Angoulême, les fureurs de leurs vies endormies pour des siècles, retenues dans la pierre qui dégage ce calme parfait que l'on a quand on dort pour toujours. Le vertige. Et pourras-tu me croire sans le voir par toi-même, Aliénor tient dans ses mains un livre ouvert ? Oui. Un livre, Grégoire ! Mais un livre muet. Pas une ligne. Rien.

Nous y sommes ! Je m'en doutais. Foin de sa vie de reine, d'épouse, de mère et d'intrigante, de femme libre ou libertine selon les chroniqueurs qui brodent à leur manière, le Vieux Libraire ne retient d'elle que cette posture de sérénité éternelle autour d'un seul symbole qui vaille à ses yeux, le livre qu'elle tient en mains. M. Picquier s'épuise à me narrer sa découverte dans le détail.

— Les historiens discutent encore sur ce qu'elle est supposée lire – un livre d'heures ou de poèmes courtois. Nul ne s'accorde non plus sur ses yeux. Certains les voient ouverts, d'autres fermés. La peinture disparue n'aide pas à trancher. Moi, j'ai vu sur le bord de chaque orbe oculaire le liseré des paupières tout à la fois finement sculpté et suffisamment marqué pour me faire croire qu'elle a les yeux ouverts. Mais attention, elle ne lit pas. C'est impossible. L'angle de ses pupilles ne tombe pas sur le papier. J'ai dit papier. Tu m'as compris. Sa tête, du reste, serait plus inclinée. Ses yeux ne regardent pas le livre de pierre. Ils regardent au-dessus. Ils réfléchissent. Peut-être à une lecture de son vivant de reine. Car c'est sur sa commande expresse que le statuaire les a figés ainsi pour signifier aux temps futurs combien elle a chéri les lettres, non par caprice de tête couronnée qui s'entiche du premier troubadour qui passe, mais par amour de la joliesse et de la grâce d'esprit s'échappant de la bouche de celui ou de celle qui se pique d'écrire. Cette femme est la première à s'attribuer le livre comme le symbole de son pouvoir intellectuel qu'elle juge supérieur au sceptre que son guignol d'époux arbore comme tous les mecs qui ont fait roi à cette époque. Cette femme est un génie. Une visionnaire de la communication posthume. Et moi, je m'en fous de ce qu'elle lit ou ne lit pas. Ce qui m'importe, c'est d'honorer son audace. Je suis libraire, nul n'est parfait. Grégoire, accède à ma requête.

— …

— Ce sera la dernière. J'aimerais que parvenu près d'elle, tu lui fasses la lecture.

— …

— Car c'est cela qui m'importe, *honorer son audace.*

— …

— Tu m'écoutes ?

— Bien sûr que je vous écoute, monsieur Picquier ! Mais admettez tout de même que ce que vous me demandez est de plus en plus improbable. La lecture pour Mme Morel, déjà j'ai mis du temps. Aujourd'hui, j'ai compris. D'ailleurs, je ne demande qu'à le refaire. Mais lire à une statue ! Vous voulez qu'on m'interne ? Vous voyez ça comment ? C'est un lieu qui se visite je suppose, avec gardien, caméras de surveillance. Vous voyez le film ? À l'accueil, les agents qui somnolent et d'un coup qui se réveillent me voyant en train de faire la lecture au gisant d'Aliénor. Ah, la blague !

— Tu verras, il n'y a pas de caméras. Et tu feras ta lecture en nocturne, c'est ouvert toute la nuit aux clients de l'hôtel de luxe qui jouxte l'abbaye. Ta chambre est réservée. En revenant, tu me diras si le lit t'a convenu. De 3 heures à 5 heures, l'abbatiale est déserte. Tu seras seul avec elle, ou du moins avec eux. Ils sont quatre.

— Et je lis quoi ?

Il se racle la gorge. Mal à l'aise, il me semble.

— J'ai pensé à ce livre.

Il se racle la gorge à nouveau, tend sa main vers la table de chevet. J'y découvre, posé, dans l'édition fanée de 1946 des éditions Marc Barbezat – L'Arbalète, *Miracle de la rose* de Jean Genet.

Aussitôt dans mes mains, je soupèse le volume, le retourne, je survole l'argument de l'éditeur. Tous gestes à ses yeux désinvoltes pour une œuvre comme celle-ci.

— Grégoire ! Je t'ai connu plus délicat.

— Excusez-moi, monsieur Picquier. Je vais le lire. Mais on reste d'accord ? On ne lit bien que ce que l'on aime, si ça ne me plaît pas…

33

C'est terrible, je n'aime pas ce bouquin. Mais comment dire au Vieux Libraire que moi, ça me soûle les histoires de Jeannot et de ses potes qui s'enfilent. Je ne capte rien. Je l'entends me maudire :

— Tu es trop jeune, tu ne sais pas lire ! Ces pages sont magnifiques, parmi les plus belles de la littérature française.

— Calmez-vous, monsieur Picquier, on discute. Admettons que je le lise. Pouvez-vous m'expliquer en quoi cela peut-il concerner Aliénor ?

— …

Un partout. Le vieux coince.

— La hiérarchie des textes et celle des oreilles, monsieur Picquier. Que lire ? À qui ? Je me les pose tous les jours, vos questions. J'ai retenu votre leçon. Hormis le fait que l'action du roman se situe dans l'ancienne abbaye, je ne vois pas l'intérêt d'ennuyer Aliénor avec ça. Votre choix ne doit pas satisfaire uniquement votre plaisir, celui-ci doit être partagé. *Miracle de la rose* est un de Ceux-des-Crêtes, je propose à la place un Thalweg.

— …

Le Vieux Libraire ne pipe mot. Il m'écoute. En son for intérieur, il jubile.

— Monsieur Picquier, on est d'accord ! Je marche pour vous les trois cents bornes. Je vous raconte tout par le détail. J'arrive là-bas, je lis ce que je veux.

— Oui, oui, d'accord. Je peux savoir le choix que tu as fait quand même ? me demande-t-il inquiet.

J'ai l'avantage et j'en profite. Je sais pertinemment qu'il ignore tout du livre que j'ai choisi. Je le laisse mariner, puis de l'air suffisant de celui sûr de lui :

— *Le Trône de fer* de George R. R. Martin.

— …

Le Vieux Libraire ne capte pas. Chacun son tour. Je lui épargne la série qui enflamme la planète pour ne rester que sur le champ littéraire et j'y vais de ma tirade comme je pense qu'un Thalweg doit se tenir dans le monde des Thalwegs – au plus près de l'horreur. Historique. Réaliste. Fantastique. Peu importe. Moi, je la vois, Aliénor, écouter les histoires de Martin, inspirées pour partie de l'histoire d'Angleterre trois siècles après elle. Passionnée, elle va l'être. Ses oreilles vont vibrer aux échappées du livre vers les contrées de Valyria qui ne seront pas sans lui rappeler ses propres tribulations sur les chemins de Jérusalem.

— Aliénor va aimer, monsieur Picquier ! Vous pouvez me croire, votre femme d'exception sera servie comme une reine, Chevalier de la Lecture, je m'en porte garant ! *Le Trône de fer* va lui plaire.

Pour déconner, je mets un genou à terre et j'incline ma tête. Le Vieux Libraire s'avoue vaincu.

— Tope là brigand, qu'il me fait, à ton retour, on fêtera tes vingt ans !

Nous échangeons un regard grave, mais ne souhaitant ni l'un ni l'autre en rajouter, nous nous faisons un gros clin d'œil.

— C'est quand l'arbre est couché, finit-il par me dire, qu'il découvre le ciel. J'ai connu un bûcheron dans les Vosges, il appelait cela « l'épiphanie des grumes ».

34

Le Vieux Libraire est mégalo, mais que justice lui soit rendue, M. Picquier nous fait rêver. Branle-bas de combat. Dialika, Jérémy, la directrice, auxiliaires et soignants, Les Bleuets au taquet. Ça n'est plus un mystère, M. Picquier va nous lâcher. Dans ses directives anticipées, c'est écrit noir sur blanc. Pas d'hospitalisation. Pas d'urgences. Pas de ce qu'ils appellent aujourd'hui « obstination déraisonnable ». Laisser finir en soulageant le plus possible, aussi bien la douleur que l'angoisse. En général, c'est la nuit que ça se passe. Malheureusement, ça peut durer.

C'est convenu que je parte sur le temps de mes congés. Mme Masson n'est pas folle, elle trouve l'idée charmante et stimulante pour Les Bleuets. Ce sont ses termes. Mais de là à me payer la balade… Ça n'est pas dit, c'est officieux, mais tout le monde sait que M. Picquier me prend en charge sur les dix jours qu'il me faudra pour arriver à Fontevraud.

Il a tout gambergé. C'est très fort, de lecteur je deviens son marcheur, son délégué de muscles et de tendons.

— Je veux connaître ton avancée minute par minute. J'exagère. Tu m'as compris. J'ai toutes les cartes de ton trajet. Je veux savoir en direct où tu marches, ce que tu vois, ce que tu ressens, tes états d'âme, qu'une dernière fois tu lises pour moi, la vie, la vraie.

Pas de salut ni d'adieu larmoyant, la voix du Vieux Libraire est inaudible mais elle est ferme d'intention :

— Camarade *erectus*, je compte sur toi, rapporte-moi au plus vite des nouvelles d'Aliénor. Je ne bouge pas.

35

Ce matin. 8 h 15. Comité de départ. Dialika. Nous sommes seuls, elle et moi, au petit portail qui donne sur le halage. J'écoute ses recommandations. Je lui fais part des miennes :

— Tu me tiens au courant. S'il le faut, tu m'appelles, je reviens.

— Je ne pense pas qu'il le souhaite. Ce qu'il veut, c'est que tu marches le temps qu'il fasse ce qui lui reste à faire de son côté. C'est tout.

Je jette un œil furtif à la fenêtre du Vieux Libraire, là-bas derrière le grand tilleul. Ses vieux articles de presse sur la vitre embuée le coupent une fois de plus de la lumière du jour. De lui à moi, dans le brouillard du mois de novembre, un fil mental arachnéen s'étire. Je serre très fort Dialika dans mes bras. Une dernière fois, je lui dévore la bouche.

— Grégoire, je vais remonter, j'ai froid.

Je lui frotte le dos, je la câline. Elle s'enfouit dans le creux de mon épaule. La tête sur ma bretelle de sac à dos, tout bas, elle me chuchote :

— Grégoire…

— Oui ?

— Je t'adore. N'oublie pas !

— Diali, t'es folle ? Va vite, M. Picquier va croire que tu pars avec moi.

Elle se détourne, me laissant seul au petit portail avec cette curieuse impression au moment où j'accomplis mes premiers pas sur le halage que c'est elle qui s'en va.

36

Première fois que je sors de mon cercle. Le canal et le quartier de la gare. Cette maison d'un étage où ma mère passe sa vie à trimer. Le collège. Le lycée. Les jardins de la ville. Les Bleuets. Autant dire cinq ou six kilomètres carrés. Le têtard à sa maman crève sa membrane.

— Continue comme ça, tu finiras clochard !

C'est le bon de sortie qu'elle m'a signé. Le tout payé par un vieil homme qui vit ses dernières heures dans une cellule de deux cinquante par trois. C'est cruel mais je danse. Même pas honte. Le chemin est glissant. Je fais gaffe. Ce serait con que je me retrouve à la baille. Dans mon sac, j'ai tout fait comme il m'a dit et répété :

— Le plus léger possible ! On part toujours bien trop chargé.

J'ai pris un change que j'ai calé dans un sac-poubelle au cas où la flotte tombe. Une tente minuscule d'un kilo. Mon duvet. Une cape de pluie. Une casquette. Une polaire. Une bouteille d'eau. Un peu de bouffe. Un couteau. Un briquet. Une cuillère. Une brosse à dents. Un peu de savon liquide. Des bricoles pour soigner les bobos. Sur mon Smartphone, j'ai une lampe, une boussole et l'appli GPS.

Ah, j'oublie ! Le plus lourd. Les bouquins. *Le Trône de fer* pour la copine du Vieux Libraire. Neuf cents pages. Comme je le connais par cœur, j'en ai pris un deuxième – *Vingt poèmes d'amour et une chanson désespérée* de Pablo Neruda, un auteur chilien dont j'ignore tout si ce n'est l'admiration que lui voue M. Picquier. En fait, je l'ai choisi en me disant que j'en ferai la lecture en marchant, peut-être aussi à Dialika le soir au téléphone.

M. Picquier m'a également conseillé de prendre des notes, de le faire sur un carnet. Je n'ai pas voulu le contrarier mais je préfère le faire direct sur mon portable, je pianote en avançant et quand je veux, je balance, Dialika lui transmet.

— Ne t'embête pas à faire des phrases, m'a-t-il recommandé en m'expliquant le style télégraphique d'une prise de notes.

Qu'est-ce qu'il me chante ? L'abrégé au tarif minimal niveau signes, je fais ça tous les jours !

Il insiste :

— Un seul mot peut suffire à fixer une image, une situation, une rencontre. À ton retour, si d'aventure tu souhaites broder, ce mot t'aidera à retrouver le contexte, l'atmosphère.

Il me voit déjà en train d'écrire une histoire à la *Tintin au pays des vieillards*. Dans ma tête, je rigole.

— En termes d'échelle, le 1 pour 1 n'existe pas. Pas plus que la carte n'est le territoire, la prise de notes n'est le voyage. Si tu t'inspires de la Top 25 chez IGN, j'aime bien le rapport du centimètre sur le papier pour vingt-cinq mille sur le terrain, ça laisse du champ au symbolique, aux pictogrammes et aux couleurs pour dire : ici, une source, là, un taillis, une vigne, un lotissement ou une forêt. Attention, ça grimpe dur ou ça descend. C'est l'humain qui veut ça. Notre besoin de traduire le réel est vital, de surcroît pour écrire. Par exemple, tu vois un rat. Sur ton carnet, tu notes. « Un rat. » C'est ton repère. Plus tard, peut-être, tu développeras. « Sur la berge du canal, un rat, poil luisant, trottine à ses affaires. Je l'ai vu. Lui m'ignore. Tout va bien. » Et par là même, exprimeras-tu ton désir de tout voir sans être vu, alors que le héron, plus loin, t'observe avec une acuité d'agent des douanes auquel n'échappe rien de ce qui circule sur le secteur dont il est le chef. Tu crois passer incognito, détrompe-toi, tu es sous surveillance. Ta présence génère forcément inquiétude ou convoitise selon la hiérarchie de qui mange qui. N'aie pas peur. Tu es en France. Le canal du Berry n'est pas encore un affluent de l'Orénoque. Quoique… méfie-toi des parasites, la tique des bois est redoutable.

Quand j'en ai marre, je déconnecte. Si je l'écoute, il va m'apprendre à envoyer mes SMS. Là, je fais genre pour qu'il kiffe la balade :

« Kilomètre zéro. Good morning lé poto. Cé parti. Haut perchée lune fine dessus brume. Onze degrés. Croix verte digitale pharmacie. Canards paisibles. Ciel bleu possible. Soleil en embuscade. Vacarme choucas en canopée. Platanes s'égouttent. La berge. Un rat. Monsieur Picquier jé pas le budget pour développer. Next time. Smiley qui se tape des barres. G. »

Dialika répond direct :

« MP à côté de moi applaudit. Te souhaite bonne route. Baisers partout mon adorable. D. »

Et ça s'est décidé comme ça, en quelques mètres, comme une frontière concrète qu'aurait franchie mon corps. Il y a le centre. Il y a la source. Je marche pour elle et à chaque pas, mon corps grossit de ce qu'il voit, de ce qu'il touche, entend, respire ou goûte. Un entonnoir de pluviomètre pour mesurer mon expérience avec des mots. M. Picquier avait raison, je note tout.

Rumeurs de ville • Plus en plus faibles • Une dernière VMC • Premier pêcheur • Immobile • Bouchon fluo • Orange • Héron en éclaireur • Sol humide • Gras • Pluie la veille • Automne n'ose pas • Moi non plus • Cherche • Héron • Me tolère 30 mètres maximum dans son œil • Coups d'ailes • S'envole • Criaille • M'annonce • Plein ouest • Appli confirme • Tunnel • Verdure • Semé • D'or • Feuilles • Lentilles • Couleur • Pistache • Surnagent • Bouteille de bière • Canette • Coca • Ballon • Tonnes de plastique et branches mortes • Corps se réchauffe • Corps dedans marche •

Vous vois sourire monsieur Picquier, vos paroles :

— Ne plus compter son temps, mais seulement sa distance !

Kilomètre • Six • Sept • Huit • Neuf • Dix • Onze •

Troisième pêcheur.

— On pêche quoi par ici ?

— Oh ! un peu tout. Friture. Brochet. Perche. Mais faut les attraper !

Mon premier MMS :

« Une photo de mon pique-nique géolocalisé dans les règles. Date, heure et lieu. G. Trois cœurs smileys. »

— Monsieur Picquier, regardez la photo de son pique-nique. Il a fait onze kilomètres !

M. Picquier tend péniblement sa main vers sa table de nuit. Il cherche ses lunettes.

— Dialika, s'il te plaît, je ne trouve pas mes lunettes.

— Elles sont sur votre nez, monsieur Picquier !

Dialika approche son écran du vieil homme. Il ne voit rien mais il persiste à donner le change :

— Demande-lui un selfie.

— Vous êtes sérieux ?

— Je n'en ai pas l'air peut-être ?

— Je n'ai rien dit ! On en fait un pour lui aussi alors ?

Le geste de sa main dit qu'il s'en fiche. Il laisse faire. Je reçois deux visages de débiles. Aussitôt, je réagis :

« Dia stp no selfies rien que du txt cé trop moche. G. »

Je coupe court. Je replonge dans le rythme de mes pas et le frottement répétitif des sangles du sac à dos. Sur la place d'un village, je m'assieds sur un banc. Je me régale d'une barquette de nouilles chinoises aux légumes délicieusement brûlantes et je repars. J'écoute mon corps faire son job. Un pas. Un autre. T'additionnes ta fatigue au soleil qui se couche. Déjà l'heure de trouver ton bivouac.

J'installe ma tente sur le bord du canal sans noter que l'autoroute est à deux enjambées. Pour l'heure, crevé, j'assure vite fait la logistique et maintenant que la nuit est tombée, je ne traîne pas, je me glisse dans mon duvet et je referme la toile. Un dernier MMS :

« Un selfie noir dans ma tente sans aucun éclairage. G. Vingt-cinq cœurs et smileys. »

Dialika fait la gueule. Elle m'envoie un selfie sur lequel je la vois qui me tire une langue énorme. Je m'en fous. Dans le duvet, je me tortille. Quel con, je n'ai pas pris de tapis de sol !

37

Debout 4 h 30. Pas la peine d'insister. Même si le cerveau a réussi à débrancher malgré l'enfer de l'autoroute, le corps, lui, s'est caillé. Toute la nuit je me suis battu pour enrayer le froid humide qui m'a gagné petit à petit depuis le dos jusqu'aux doigts de pied en passant par les fesses, un coup en glissant mon sac à dos entre la tente et le duvet, un autre en me mettant en boule sur le côté. J'ai fait des rêves de caniveau pris dans la glace et de dortoir chauffé à blanc avec des radiateurs à huile qui gargouillaient sans cesse. Onirisme logique, mais tellement improbable. Conclusion : pas dormi ou si peu.

L'intérieur de la tente est trempé. Zip d'ouverture. D'où je suis allongé, je regarde le triangle de nuit étoilée que dessine la guitoune, sur lequel se détachent les branches noires d'un immense peuplier. Tant bien que mal, je m'extirpe à cloche-pied. Je n'ai mis qu'une chaussure et je répugne à poser mon pied nu dans l'herbe humide. Enfin, mes pieds chaussés, méthodiquement, je range. Je change mes sous-vêtements de nuit tout chauds et secs contre mes fringues mouillées de la veille. Plutôt désagréable mais nécessaire si je veux garder un change propre. Ça me prend une heure. J'avale mon reste de nouilles chinoises froides et plutôt dégueulasses, mais nécessaire si je veux partir avec le ventre plein.

Premiers pas. 5 h 30. Je maudis l'autoroute, elle me prive des mille bruits de la vie qui s'éveille. Dans le faisceau de ma lampe, la rosée étincelle. Je finis par l'éteindre pour retrouver l'obscurité et apprécier au mieux le spectacle des arbres de la rive opposée s'élevant comme de grandes flammes noires dans un ciel constellé d'escarbilles.

Une heure passe. Une deuxième. J'aperçois le halo orangé d'une grande ville, puis, peu à peu, des hangars, un lampadaire tous les cent mètres, de place en place des souffleries de VMC. Tout au loin devant moi sur un pont traversant le canal passe un bus comme un spectre au travers d'un écran. Proches d'une gare de triage, des milliers de containers, minuscules, écrasés de lumière. Furtivement, sur une longue palissade recouverte de tags, glisse une ombre. J'équilibre le chien et le loup. Sur le fil du halage, les oiseaux se réveillent.

Vers 10 heures, nu sur le bord d'une rivière. La fiesta. Le bonheur de crier dans l'eau fraîche, du shampooing sur la tête et du sang plein les veines. Mes problèmes, mon passé immédiat, éloignés, se dissolvent.

— Les Bleuets ?

— Mauvais rêve !

— M. Picquier ?

— Qui ça ?

— Le Vieux Libraire !

— Ah, oui !

— Dialika ?

— Dialika, tu me manques !!!

Quelques secondes d'hésitation et je me fends d'un SMS :

« Bandé pour toi sous un ciel comme ton ventre. G. »

« Grégoire t'es où ? Envoie des news. D. »

« Une photo de la rivière et les détails du GPS. MP ça baigne ? G. »

« Son cœur, très très moyen. Le mien pour toi, super ! D. »

Ces nouvelles pour le moins mitigées me semblent complètement irréelles. Comment mieux l'exprimer ? S'éloigner, c'est grisant.

38

Matin tôt au sortir d'un couvert de thuyas sous lequel je me suis assoupi quelques heures. Une longue trace d'argent en travers de mon duvet. J'ai dormi sans entendre passer l'escargot. Suis gelé. Le brouillard est partout. Je devine un village où la vie semblerait n'être plus qu'un fantôme. Rien ne bouge dans la nuit qui résiste. Seule l'ampoule d'un lampadaire grésille, visiblement prête à lâcher. Les commerces sont fermés et surprise, juste devant la vitrine d'une pharmacie rideau de fer baissé, le mirage lumineux d'une boucherie-charcuterie ambulante. Le boucher-charcutier met la dernière main à son étal. Je m'approche de son coffre à bijoux éclairé de mille feux. Grelottant, je salive. Sous mes yeux, des colliers de saucisses et de la gelée qui brille sur une terrine de pâté de foie.

— S'il vous plaît, un morceau de rillons.

— Deux euros soixante-six.

Je file comme un voleur manger ma part de graisse en avalant des tonnes de brume.

Plus de rivière. Plus de canal. Disparus. À la place, une route nationale doublée d'une voie ferrée. Seuls témoins du vieux temps des péniches, une maison d'éclusier complètement dévastée par le temps, la vermine, le rideau d'une fenêtre qui traîne au vent par le carreau cassé.

Le jour tarde à pointer. Précédé du faisceau de ma lampe, je visite en prenant des photos. Le rez-de-chaussée encombré d'une table, de bocaux à pinceaux, d'outils de jardinage, d'un berceau et d'un cheval à bascule. Prudemment, je gravis l'escalier qui accède au premier. Sur le sol, des journaux, des revues. L'impression d'enquêter sur un rêve arrêté dans sa course.

Le Figaro du vendredi 5 décembre 1986. À la une :

« Monory-Étudiants, l'impasse »

« Les Douze face aux grands fléaux »

« Afrique du Sud. Botha s'explique »

Le Figaro Madame du 8 novembre 1986. Isabelle Adjani en couverture. Je mitraille.

MMS – « Isabelle Adjani son actrice préférée. G. »

SMS – « Ah, quand même ! Je croyais que t'étais mort. Isabelle Adjani, excellent, dit MP. D. »

Je farfouille à l'étage dans l'odeur de plancher vermoulu au milieu de débris de toutes sortes, d'étagères écroulées, de bocaux de petites vis et d'écrous piqués par la rouille, de dizaines de tubes d'aspirine et d'anti-inflammatoires, certains vides, d'autres pleins, de montagnes de fientes de pigeon et de crottes de souris, sous les sunlights d'une vigne vierge enflammée par l'automne encadrant la fenêtre par où passent, un dixième de seconde, les rayons d'un soleil gris laiteux.

Dès que tu marches, tu n'es plus un vivant ordinaire. Tu deviens le curseur de ta vie dans l'espace et le temps. Sans en être conscient, tu accèdes au présent le plus pur en n'ayant pour passé qu'horizon qui s'éloigne, pour avenir qu'horizon qui s'approche, un présent absolu dans l'alliance illusoire de l'esprit et du corps. Tu ne peux plus t'arrêter. L'épuisement te gouverne et te donne une joie que tu jures être prêt à payer de milliers de courbatures.

La douceur de cette fin de journée, les nuages d'altitude au-dessus de la plaine, les cirrus et la traîne des avions accrochant les nuances du rose jusqu'au sombre des arbres sur la ligne d'horizon, le village tout proche, la promesse d'en finir épuisé mais heureux te poussent à te parler à toi-même à voix haute, à chanter, à scander, à slamer la lourdeur de tes pieds au milieu des cultures maraîchères. Tu traverses des parcelles de poireaux, de melons petits gris et melons d'eau pourris sur lesquelles le soleil disparaît. Les choux, les blettes, les céleris, les fenouils, les salades s'abandonnent à la nuit. Ta voix ravivant la dernière résistance du jour salue un groupe d'ouvrières à la sortie d'une serre, chacune sa cagette en plastique sur le ventre chargée de sa part de légumes à rapporter chez elle. Ta solitude grandissant, ta voix cherche ses mots. En vrac, « pas • • • chemin • • • chamane • • • »

Organise. Décale. Intercale. Traitement de texte oral au milieu de la plaine agricole. L'obscurité crie victoire. Ta phrase est prête.

« Serait-ce le chemin chamane qui m'aide à faire les derniers pas ? »

Tu scandes. Une fois. Deux fois. Martial. Tu comptes.

« Serait-ce le chemin chamane… » Octo.

« … qui m'aide à faire les derniers pas ? » Octo.

Huit syllabes. Une horloge. Une merveille hypnotique qui dissout la douleur de l'acide lactique dans tes muscles. Tu délires. Tu t'adresses aux étoiles. Tu tutoies le Vieux Libraire.

« Oh Picquier, c'est à toi que je parle ! Serait-ce mon chemin chamane qui t'aide à faire tes derniers pas ? »

Dix fois. Vingt fois. Jusqu'aux premières maisons du village m'imposant de me taire. J'ai une chance incroyable. Une brasserie est ouverte.

Cette nuit, recroquevillé sur le carrelage d'une station-service abandonnée, je me dis que je ne bois pas suffisamment. J'avale d'un trait un litre d'eau avec l'image d'un arbre dans mon corps dessinant une chevelure irriguée de lumière. Le froid m'empêchant de dormir, je repense à ce couple à côté de moi au restaurant, accompagné d'un jeune garçon beau comme un Jean Genet de sept ans, crâne rasé, évadé de l'enfance, père et mère en diagonale de chaque côté de la table parlant de choses insignifiantes, notamment du repas de l'enfant chez ses grands-parents le midi. J'engloutissais mes crudités, carottes, betteraves et champignons de Paris, tout cela noyé dans un demi-litre de vinaigrette.

Sans me regarder, l'enfant se lève et quitte la table. Je lui souris. Du coin de son œil droit divergeant de l'œil gauche, sa mère m'a vu.

— Demain, on va manger des châtaignes grillées.

Ça ne m'est pas adressé directement mais sa tête s'est légèrement tournée vers moi. De par cette discrète invite, je me permets d'intervenir :

— Avec du cidre bouché, c'est délicieux.

— Ah non ! ici, c'est avec de la bernache qu'on les mange.

C'est l'homme qui dit ça, avec tout son visage de

jeune viticulteur-troisième génération radieux. Il est beau, trapu, heureux de la conversation qui s'engage.

Elle, elle est abîmée, grosse, débordante. Quarante ans. AVC à trente et un. Perte de la parole et de l'usage des jambes. Pas tout récupéré. Diabète. Syndrome de Guillain-Barré. Elle se bat pour son ange. Son compagnon l'écoute les yeux brillants de gentillesse. Je leur pose dix mille questions mais en retour ils veulent savoir pourquoi je marche. J'hésite à leur répondre. Ne souhaitant pas que toute la salle m'entende, je baisse la voix :

— Je marche pour quelqu'un, un vieux monsieur en train de mourir dans une maison de retraite.

Sans exprimer la moindre surprise :

— Faut venir nous voir, me propose l'homme.

Sa femme écrit maladroitement une adresse sur un papier. Je termine ma tête de veau. Ils mangent leurs glaces. La patronne, colombienne, leur apporte un digestif, un Baileys avec une paille pour madame. Fausse route. Elle s'étouffe, tousse, crache, vomit à moitié sur son chemisier, se lève, s'essuie comme elle peut. Une large tache café au lait s'étale. Son compagnon habitué regarde sans s'inquiéter. L'enfant familier des malaises de sa mère n'en est pas moins bouche ouverte, les yeux fixes, et muet. On parle jusqu'à la fin de ma tisane Taille de Guêpe. Elle est à fond dans mon histoire.

— Et quand il va mourir, vous allez marcher pour quelqu'un d'autre ?

39

Je traverse une futaie de grands hêtres et de chênes, une forêt magnifique pour laquelle j'imagine une lecture de Rabelais en hommage au vieil homme.

— Oh, les arbres ! Un extrait du *Quart Livre* ! Écoutez !

« Seigneur, ne vous effrayez de rien. Nous sommes au bord de la mer glaciale, sur laquelle au commencement de l'hiver dernier il y eut une grande et cruelle bataille entre les Arismapiens et les Néphélibates. Alors gelèrent en l'air les paroles… »

C'est génial ! Je découvre que l'écoute végétale peut donner à la voix un frémir introuvable en aucun autre lieu. Même les mots de Rabelais dont j'ignore ce qu'ils disent me font dresser le poil, comme sous la terre le mycélium relie entre eux les champignons d'une même espèce. Toute lecture doit trouver son public, c'est le discours de mon maître. Excité de ma trouvaille, je pianote :

« Dialika, fais passer le message à MP. Toute lecture doit trouver son espace. Le *Quart Livre* en forêt, c'est grandiose ! G. »

« MP très fatigué mais ravi d'une telle découverte. T'embrasse fort Baobab adorable. D. »

Au sommet de l'euphorie, je ne marche plus, je virevolte. Aux quatre points cardinaux, j'oralise, vocalise, verbalise, quand soudain, la forêt se transforme en champ de tir. À vingt mètres de moi, un bouquet de branches basses crépite sous une grêle très serrée de petits plombs. Une douche froide. J'arrête tout pour me mettre à l'abri. Je ne sais pas d'où ils tirent. Avec le vent et l'écho, j'ai l'impression que ça vient de tous les côtés.

— Hé, les mecs ! Tirez pas, c'est Grégoire !

Complètement ridicule de gueuler mon prénom. Ils s'en battent, les cow-boys. Je rectifie :

— Hé, les mecs ! Je suis là ! Tirez pas !

Incroyable ! Qu'est-ce qu'ils chassent pour tirer comme ils tirent ? Ou alors à défaut de gibier, ils dézinguent des conneries. Les détonations se rapprochent et avec elles, un concert d'aboiements et de trompes. Je vais vraiment m'en prendre une.

— Hé ! Hé ! Hé ! Je suis là ! Drapeau blanc !

Soudain, à moins de dix mètres du fossé où je suis allongé, poussée par une meute de chasseurs et de chiens qui fait fuir tout ce qu'il y a de vivant devant elle, une harde de chevreuils, mâles, femelles et petits, traverse l'allée. Surpris de me voir où je suis et prenant ma voix pour celle d'un rabatteur, ils s'arrêtent, tournent leurs têtes effrayées en tous sens, ils hésitent, je leur fais un grand geste, ils reprennent leur cavale.

Derrière, la meute.

Un chien. Cinq. Dix. Vingt chiens me passent dessus. Pas un ne daigne me calculer, ils n'ont de truffe que pour l'odeur à laquelle on les dresse. L'odeur de la plume et celle du poil.

Fusils cassés sur l'avant-bras, courbés dans les halliers, tout aussi excités, leurs maîtres suivent, rouges, essoufflés. Du bout des yeux, l'un d'eux s'avise que je ne suis pas un elfe. Il laisse filer ses potes qui l'interpellent :

— Mickaël, qu'est-ce que tu fous ?

— J'arriiiive !

Le gars s'arrête à ma hauteur.

La trouille ! J'en tremble encore. Je me relève, j'ai les fringues pleines de terre.

— Qu'est-ce que tu fous là ?

— Ben…

J'en ai perdu l'usage de la parole. Je bafouille :

— Je… je me balade.

— Tu déconnes ! T'as pas vu les panneaux à l'entrée de la forêt ?

— Pas vraiment.

Il réfléchit.

— Ce n'est pas grave. T'es vivant. Ramasse ton sac. Je te paye un coup. Nos bagnoles sont garées tout près.

Sur le parking, on retrouve toute l'équipe. Une vingtaine de chasseurs. Les chiens se bousculent autour de leurs gamelles. Sur le sol à l'écart, la petite bande au regard effrayé que j'ai vue tout à l'heure s'est fait faucher par les chasseurs postés aux affûts de la lisière. Ceux qui tiraient comme des tarés n'étaient que les rabatteurs. L'odeur très forte du musc mêlée à celle du sang plus fade me soulève le cœur. Le fameux Mickaël qui m'a mené jusqu'ici s'aperçoit de mon malaise.

— La première fois, ça fait drôle, on s'habitue et après on aime ça. Viens boire un coup, ça va te remettre d'équerre. Si tu as faim, ne te gêne pas, on prévoit toujours large.

Sur le hayon d'un 4 × 4, à hauteur de la taille, le pique-nique est dressé. Du pâté de campagne, un jambon cru à découper sur l'os, du saucisson, des miches de pain énormes à la croûte bien cramée, des bouteilles de vin rouge, des packs de bières, des Thermos de café, une bouteille de calva. Avec ça, je vais pouvoir me goinfrer et me remettre de ma peur.

Le plus jeune de la bande vient vers moi. Il lève son verre.

— À la tienne ! Tu vas jusqu'où comme ça ?

— L'abbaye de Fontevraud.

— Dis donc, t'es pas rendu !

J'ai beau leur expliquer que je marche pour un vieil homme en train de mourir dans une maison de retraite à une centaine de bornes de là, personne ne me croit. Celui qui me semble le plus âgé n'en démord pas :

— On s'en fout de tes conneries. On n'est pas de la brigade. T'as quel âge ?

— …

— Moi je parie que t'es mineur.

Le fameux Mickaël l'interrompt :

— Fous-lui la paix ! C'est sympa, son histoire. Moi, ça me plairait que quelqu'un marche pour moi si je savais que j'allais crever. C'est quoi ton prénom ?

— Grégoire.

Il me tend la main.

— Moi, c'est Mickaël. Alors comme ça, t'es lecteur. Jamais entendu parler de ce truc-là. Ça gagne bien ?

— Je gagne le SMIC, mais je débute, c'est normal.

— Va pas croire, on ne gagne pas beaucoup plus. Moi, je lis pas. J'aime pas ça.

— Je disais la même chose il y a deux ans quand j'ai quitté le lycée. J'ai même raté mon bac.

— Que ceusses ici qui ont le bac lèvent la main ! Personne ? Tu vois, t'es pas le seul. Oh, les bâtards, ça vous dirait que notre lecteur il nous en lise une petite ? Qu'est-ce que t'as dans ton sac ?

Il me dit cela comme on demande à un mec : « Qu'est-ce que t'as dans ton froc ? » Depuis le début de son interrogatoire, je ne sais pas trop sur quel pied danser, s'il se fout de ma gueule ou s'il me prend au sérieux, et maintenant que j'ai trop bu, j'aimerais mieux qu'il me lâche.

Lui aussi, éméché, se fait insistant :

— Vos gueules, les mecs ! Grégoire va lire du cul.

— !?

Tempête de rires. Les chiens surpris se remettent à gueuler. Dans ma tête je carbure à cent cinquante. Sur mon portable, j'ai toutes mes perles en PDF. Tu veux du cul, je vais t'en servir, comme aux Bleuets, le Bukowski du dimanche soir. Ici l'Enfer !

— Pour me chauffer, je veux bien un peu de calva, paraît que c'est bon pour la voix.

Là, je commence à leur plaire. La bouteille fait le tour, chacun se sert, arrivée à Mickaël, il la prend dans ses mains, la regarde plein de tendresse et l'embrasse sur le cul en gueulant :

— À la baise ! Bois ton coup !

Il me sert à ras bord, lui pareil. Et on trinque.

— À Bukowski !

J'ai calculé, le temps que l'alcool me touche la tête,

j'ai quinze minutes, moins les cinq de lecture, ça me laisse une marge de dix minutes, après je réponds de rien. L'Enfer !

Au fil des mots et de ma lecture, le groupe se resserre. Dès qu'un chien s'avise d'aboyer, il s'en prend une sur la gueule. Bukowski est le roi du braquemart, un empereur de la chatte. Je pouvais pas leur servir plus juteux que sa nouvelle. Mickaël m'a à l'œil, il me mate comme on mate un alambic au bord de l'implosion. J'ai le corps traversé par l'alcool et le texte. *« Plût à Dieu qu'ici, sans aller plus avant, j'eusse le mot de la Dive Bouteille ! »,* c'est Rabelais qui dit ça, ce n'est pas moi.

Juste avant que la nouvelle ne se termine, je comprends ce que c'est que le pouvoir de tenir un public. On dirait des perdreaux affamés au sortir de l'hiver quand les champs sont traités et qu'ils viennent tout bouffer dans la cour de ta ferme. Une pitié. Ma lecture achevée, je salue l'assemblée qui me souhaite bon voyage.

— Embrasse bien Aliénor de ma part ! qu'il me dit le fameux Mickaël.

Passé les cinq cents mètres au-delà desquels ils ne peuvent plus me voir, je m'effondre dans un fossé. Noir. Complet. Un hérisson dans son nid de feuilles mortes.

40

À nouveau dans la brume, je me traîne, chiffon, sale, poisseux, dans un monde parallèle où plus rien ne me parle ni des Bleuets, ni du vieil homme, ni de celle qui me manque. Dans ma tête asservie à mon corps qui avance, des images et encore des images.

Un éclair, une merveille : un dos de martin-pêcheur.

Ici, sur la pile de ce pont, un héron hiératique, le fuselage augmenté par l'écume, le regard dans le sens du courant, il surveille le royaume de sa pêche d'un silence de seigneur.

Longer des heures durant une rivière peuplée d'oiseaux vous confère des talents d'aiguilleur. À votre approche, chacun de vos pas soulève des envols. Blancs. Gris. Noirs. Aigrettes. Hérons. Cormorans. Parfois, une génisse sortie de son enclos fuit devant vous. Réfléchir comment lui faire regagner le troupeau afin qu'elle n'arrive pas au gisant d'Aliénor avant vous. Le fil de clôture est bas. Je passe côté prairie. Dépasse la marginale. Retourne sur le halage. Lui fait face. Elle prend peur. L'audacieuse se résout à rejoindre la troupe. Quant à moi, je ne tiens pas à rentrer dans le rang. Épuisé, je m'obstine.

Serré. Compact. Bâton glissé entre mes deux

bretelles de sac à dos et ma poitrine à hauteur de tétons. Pouces calés dans les sangles. Gras des bras sur le bois. Deux ailerons à taux de pénétration optimal dans le binôme espace-temps de mon projet. Objectif : marcher. Marcher pour un vieil homme en train de mourir. Je me balade dans sa tête. Le vieil homme s'est glissé dans mes jambes.

Ça fait quoi, cinq jours que je suis parti ? Je ne sais plus. Je ne sais plus où j'en suis. Si ça se trouve, il est mort. Dialika, où es-tu ? MMS. Je lui envoie une photo de château d'eau, une tige immense de quarante mètres :

« Mortelle envie. G. »

Elle répond :

« Moi aussi ! D. »

— Monsieur Picquier ! Regardez le château d'eau !

— Oh ! On dirait une grosse bite.

— Ah ! vous aussi ?

— Dis donc mignonne, tu me prends pour une vieille courge ? C'est pas pour moi qu'il envoie ça.

Les Bleuets-l'abbaye, le GPS indique deux cents bornes. Sans compter les détours, j'en ai fait les deux tiers. J'ai la tête en yoyo, passant parfois dans la même heure de l'euphorie à l'abattement le plus profond. Ainsi mon dernier SMS :

« SUIS KREV. JEN NÉ MAR ! G. »

— Monsieur Picquier, Grégoire me dit qu'il est crevé, qu'il en a marre.

— Appelle-le !

Mon portable sonne. Jusqu'à présent, je laissais sonner. Cette fois, je réponds. Dialika en est tout étonnée.

— Grégoire ? Enfin, Grégoire ! Je m'inquiète tout le temps ! Bon, M. Picquier souhaite te parler, je te le passe.

— Bonjour Grégoire.

Un long silence. Je ne reconnais pas sa voix. Une voix très faible. Un frisson d'outre-monde aux fréquences desquelles je parviens à comprendre l'essentiel. M. Picquier ne va pas bien. Toutes mes pendules se remettent à l'heure.

— Hello monsieur Picquier ! Ça fait tout drôle de vous entendre. Ça va ?

Formule d'usage qui ne semble pas de circonstance.

— Comme ci comme ça. Dialika me dit que t'en as marre ? Moi aussi, tu sais.

Je ne réponds rien. Je mange ma honte.

— C'est normal, poursuit-il, ton corps encaisse. S'il le faut, prends-toi une chambre d'hôtel. Douche-toi. Dors dans un lit. Paye-toi un bon resto et picole un bon coup.

Je me marre.

— Pourquoi ris-tu ?

— Pour la picole, c'est déjà fait.

— Bon, tout ne va pas aussi mal que tu le dis. Fais ce que tu veux, Grégoire, mais ce serait bête d'avoir fait tout ce chemin pour arrêter maintenant.

Mon amour-propre ne fait qu'un tour.

— Je n'ai jamais dit que j'arrêtais !

— Je pense aussi que tu devrais nous parler plus. Ça te chamboule d'être tout seul. Fais un effort pour nous dire plus souvent où tu es, ce que tu vois. C'était le contrat au départ, tu te souviens.

— Oui, oui, bien sûr, je me souviens.

Assis sous ce tilleul perdant ses feuilles une à une en silence, à deux pas de ce monument aux morts aux quatre côtés duquel se trouvent gravés les patronymes et les prénoms de quinze soldats morts pour la France entre 1914 et 1917, trois autres entre 1939 et 1944, je ne parviens pas à faire le lien entre cette scène et mon contrat avec le Vieux Libraire. La confusion d'esprit dans laquelle je me trouve au milieu de ce village m'empêche de formuler en quoi réside exactement le blues qui me coupe l'envie de mettre un pied devant l'autre. Nonobstant, d'une voix faussement enjouée, je rassure le Vieux Libraire :

— N'ayez crainte, monsieur Picquier, j'oublie pas votre copine !

— Oui, bien sûr, Aliénor, mais dis-toi que l'objectif qu'on se fixe au moment de partir ne vaut rien comparé au chemin qu'il faut faire pour l'atteindre, c'est bien pour cette raison que Mme Masson souhaite afficher ton parcours dans le hall.

— Quoi ?

L'info me prend tellement au dépourvu que je me lève du banc sur lequel j'étais assis comme propulsé par un ressort et, sans tenir compte de son état de santé, ni de sa fatigue, ni de quoi que ce soit, je me mets à crier :

— Mais ça va pas ! C'est entre nous, monsieur Picquier, entre vous et moi.

— Ne crie pas Grégoire ! Ça me fait mal aux oreilles. Dialika ? Tu peux baisser le volume de ton bazar ? Grégoire, écoute-moi, je savais que ça te mettrait en pétard !

— Mais bien sûr, que ça me met en pétard !

Tournant autour d'un monument aux morts, dans un village désert, je vocifère tout à mon aise :

— Elle n'a pas voulu filer une thune pour les dix jours, monsieur Picquier, vous payez tout, et maintenant elle voudrait faire le *buzz* !

— Le quoi ?

— Le *buzz*, monsieur Picquier. Grégoire veut dire par là qu'elle souhaite se faire mousser.

D'un geste, Dialika fait comprendre au Vieux Libraire qu'il serait peut-être mieux pour tout le monde qu'elle prenne les choses en main. Trop faible pour insister, M. Picquier lui repasse le téléphone.

— Grégoire ? C'est Dialika, écoute-moi, te fâche pas. Masson, personne ne la changera. Elle récupère votre histoire, et alors ? Ce qu'il faut que tu saches, c'est qu'ici, tout le monde nous demande sans arrêt où tu es. Tu connais Les Bleuets, il ne se passe jamais rien. Là d'un coup, il y a du rêve. C'est génial ! Le petit Grégoire qui marche pour le Vieux Libraire. Même les familles en visite – « Il est où ? » T'es devenu une vedette. La fille de M. Roubaud, tu la connais ? Elle est correspondante à *La République du Centre*. Elle veut faire un article.

Les bras m'en tombent. Je gesticule comme un damné en ne cessant à présent de tourner sur moi-même.

— Qu'elle me trouve d'abord ! Monsieur Picquier, vous m'entendez ?

Une voix lointaine :

— Oui, oui, je t'entends.

— Vous êtes un cabotin, monsieur Picquier ! Jusqu'au bout, vous voulez de la lumière.

— Grégoire ! S'il te plaît ! Tu ne parles pas comme ça à M. Picquier.

— Je m'en fous !

Je raccroche.

41

Furieux, je quitte la place du village pour rejoindre la campagne deux cents mètres plus loin, et pour mieux évacuer ma colère je mouline du bâton. Je dégomme. J'étête. Je fauche. Des orties. Du sureau et des dizaines d'ombellifères. Tout ce qui dépasse un mètre cinquante y passe. Tout haut, je parle. Y'a personne, j'fais ce que je veux.

Hier, j'n'étais rien ! Un lecteur de misère ! J'aurais giclé depuis longtemps si le Vieux Libraire n'avait glissé une petite enveloppe sur le bureau de la directrice. Aujourd'hui, plus de problème, je suis rentable, je fais parler des Bleuets. Pendant le clash de Buzzati, elle était où, Masson ? Pas une seconde elle m'a soutenu. Tout le monde m'est tombé dessus.

OK, je me suis planté total en leur lisant cette nouvelle. Ces jeunes dans les banlieues qui règlent leur compte à tous les mecs qui ont plus de quarante balais. Hyper violent ? Un peu, mais le grand chic de Buzzati, c'est de faire se confronter un des jeunes à son propre paternel et forcément, ça se termine mal, au petit matin, ils finissent par le coincer. Et c'est là que ça devient génial, car au moment de se séparer, la petite bande constate avec surprise que le chef lui-même vient de se prendre quarante ans dans la tronche. En une nuit, sa jeunesse envolée. Et la traque de reprendre de plus belle, mais cette fois contre lui. La morale est grandiose.

Or, personne aux Bleuets ne l'a captée. Ils n'ont retenu que le titre – *Chasseurs de vieux*. L'erreur fatale. T'annonces ça à 15 heures dans le silence du salon. T'es mort. Je ne pense même pas que ce soit les résidents qui se soient plaints. Trop nazes pour l'avoir fait. Amorphes. Non, ça doit être un connard de parent en visite qui, dans le bureau de la directrice, a dû se pousser du col :

— Madame Masson ! Les choix de votre jeune lecteur ne sont pas du meilleur goût. *Chasseurs de vieux* dans une maison de retraite. Fallait oser ! C'est une honte !

Je sais, madame Masson, je sais. Pognon ! Pognon ! Pognon ! Un parent mécontent. Dix clients qui s'envolent. Faut que je me le mette dans le crâne. OK. Profil bas. Je vous promets qu'à l'avenir je vais faire attention. Oui, oui, madame Masson. Daudet. Pagnol. Maupassant. Des classiques, de l'hyper consensuel et plus rien qui dérange, je vous promets.

Déjà que la lecture dans les chiottes, j'étais limite viré. Picquier dans la combine, elle a fermé les yeux. Mais là, *Chasseurs de vieux*, j'ai cru qu'elle me virait direct pour atteinte à la dignité de personnes en situation de faiblesse mentale. Personne pour me défendre. Le Vieux Libraire lui-même s'est incliné :

— Que cela te serve de leçon. Rien ne t'empêchait de lire cette histoire sans donner le titre. C'est le titre qui les a choqués. Fais attention ! Certains mots qu'on emploie ont parfois une puissance qu'on ne peut même pas imaginer.

Et aujourd'hui que c'est tout beau tout propre, c'est sur mon dos qu'elle fait sa pub ? Ah non, pas question ! *Niet !*

Au milieu de nulle part, je crie :

— *Niet ! Niet ! Niet !*

De la cabine de son tracteur, un paysan me fait des signes. Il pense peut-être que je lui dis bonjour.

De tout cela, je ne retiens qu'une chose : j'ai besoin de me poser. Coûte que coûte me trouver un hôtel. Pas si simple.

42

Suis arrivé à 23 heures. Hagard. Crotté jusqu'aux creux des oreilles. Le veilleur n'a rien dit. M'a regardé remplir ma fiche comme si j'avais tué sa mère mais le fonctionnement sans heurt de ma carte bleue l'a rassuré direct. Tu payes. T'es peinard. T'as la paix. Ici, je suis sûr que personne ne viendra me chercher. La fille Roubaud peut toujours cavaler sur le GR. Le rouquin s'est planqué dans un trou à touristes quatre étoiles.

Le décor me dégueule à la tête. Je descends déjeuner. Plein de vieux. Étrangers. Une maison de retraite en voyage. J'ai la guigne. Je ne peux même pas m'approcher du buffet. Une situation à me faire regretter Les Bleuets. Quand je les vois parcourir les deux mètres de moquette rouge qui séparent le tambour de la porte des trois marches de leur car qu'ils gravissent en se traînant comme des larves, les dix secondes que dure leur sortie en plein air me donne envie de vomir. Monsieur Picquier, la vie, on en est où ?

Quand je rallume mon portable, les SMS de Dialika éteignent toutes mes colères :

« Appelle ! Réponds ! Réagis ! MP dans le coma. D. »

Une bouffée d'angoisse et de profonde culpabilité me tombe dessus. Ma violence, mes propos, ces derniers mots que j'éructais – « Vous êtes un cabotin, monsieur Picquier ! Jusqu'au bout, vous voulez de la lumière » – peuvent-ils l'avoir blessé si fortement qu'il en ait fait son clap de fin ? Je me traite de tout. Connard ! Chasseur de vieux ! Tueur de libraire ! Mais là, je me marre. Tueur de libraire ? On ne tue pas un vieux renard comme lui. M. Picquier est assez grand pour décider de son heure. Moi, mon boulot, c'est d'aller jusqu'au bout de son délire.

Je retraverse toute la ville à l'envers. Hier soir, je larguais tout. Ce matin, pas question. Monsieur Picquier, tenez le coup ! Plus que cinquante bornes, vous entendez ! Même pas deux jours ! Nerveusement, je pianote :

« Dia, parle-lui. Aliénor, 50 bornes. Je vais mieux. G. Smileys tristes et des cœurs. »

Envoi fait sans photo. Rien ne doit filtrer de ma position. La fille Roubaud est assez fine pour amadouer Dialika et obtenir l'info. Ce projet ne regarde que moi et le Vieux Libraire. Mme Masson serait trop fière de cette publicité. Qu'elle revoie sa façon de me parler, sa façon de me regarder comme si j'étais son chien-chien qui lit où on lui dit de lire sans faire de vagues ou alors de belles vagues pour surfer comme elle aime :

— Oui, j'ai toujours cru aux bienfaits de la lecture pour nos résidents. Non seulement le lien affectif est très fort entre le lecteur et ses auditeurs, mais le moment de lecture lui-même crée une communauté d'écoute qui rapproche les familles de leurs anciens, et le personnel de la maison s'implique dans ce dialogue, vous comprenez.

Ta gueule, Masson. Tout ça, c'est vrai ; mais dit par

toi, ça pue trop le marketing. Laisse-nous tranquilles ! M. Picquier et moi méritons mieux. La fille Roubaud n'obtiendra rien.

Je ne sais pas si je vais tenir très longtemps au rythme auquel je marche. J'avance. J'implore. Ne crevez pas tout de suite, monsieur Picquier. Ne me laissez pas seul faire le taf. Ces désolantes entrées-sorties de ville avec leur lot de terrains vagues. De hangars. D'entrepôts. Ni ville. Ni campagne. Leurs déchetteries sauvages. Heureusement, la rivière est royale.

En Touraine, c'est normal. Déjà large et grossie de multiples affluents, elle suit une faible pente, juste ce qu'il faut pour s'énerver de temps à autre sur un fond plus rocheux, comme une princesse nubile s'énerverait de savoir l'heure des noces imminente, car j'ai cru voir sur mon appli que dans trois kilomètres, elle plongeait dans le fleuve. Lit commun et partage des poissons, mais leurs eaux, côte à côte, pendant cinq kilomètres attendront pour mêler leurs deux flux différents en tout point – température, turbidité, mémoire des sources et paysages traversés. Au terme de cette mise à niveau, d'une même voie, fleuve et rivière rejoindront l'océan.

Pile où se fait la jonction, je découvre dans une grande émotion de la terre et de l'eau qui dessinent simplement sous mes yeux une géographie qui m'ennuyait tellement en cours. J'entends M. Picquier me citer Confucius – *« Tu lui dis, il oublie ; tu lui enseignes, il écoute ; tu lui fais vivre, il apprend. »*

À dix mètres de la rivière encore rivière, sur la rive gauche du fleuve, face aux arches d'un pont de chemin de fer qui l'enjambe en amont, entre l'eau et les frênes, au milieu de la grève en déclive, je découvre un foyer. Une trace de feu qu'un pêcheur a dû faire pour passer un moment. En voyant ce foyer, aussitôt, j'ai envie d'un grand feu. D'un feu de naufragé que personne ne verra. Je l'élargis un peu, je creuse le sable mêlé de gravier, de galets, de cendres et de charbon de bois et je cale des grosses pierres tout autour. Je m'enquiers de papier. Un sac contenant mes fruits secs. Je le froisse, puis le pose dans le fond.

Maintenant, je ratisse la grève. Je cherche du petit bois, des feuilles sèches, des branches de saule et des troncs de la taille d'un bras que j'extirpe des ronces. Je me bats pour avoir une réserve qui puisse me tenir quelques heures. Tout est prêt. Je me baisse à quatre pattes et j'actionne mon briquet en le penchant suffisamment pour enflammer le papier kraft qui tarde un peu à le faire et du coup, c'est mon pouce qui crame sur la molette du briquet. Ça y est, ça prend. Une mince fumée toute droite s'élève. Pas un soupçon de vent. Une flamme pionnière, courte et bleue, puis jaune orangé et plus longue, passe du papier aux feuilles sèches qui crépitent, se tortillent, rougeoient et s'effondrent. Une brindille, des branchettes s'enflamment à leur tour. Les flammes se propagent. Se multiplient. À présent, ça pétarade. Ça craque. Ça brûle. Me voilà rassuré. Mon besoin atavique est comblé. À défaut d'avoir chaud, j'ai les yeux qui pétillent. Tout autour, les poules d'eau, les canards et les rats peuvent bien faire leur raffut, je n'ai peur d'aucun bruit dans la nuit qui s'installe. Le soleil s'est éteint sur les eaux. Au lointain, sur le pont, je regarde passer les trains Corail, les TER, les TGV, en spectateur d'un rythme de journée qui à l'instant n'est plus le mien, me demandant si parmi toutes ces vies assises au chaud dans ces lucioles, il y en a une pour voir le feu qui tremble sur la berge.

Dans un effondrement de braise, une image de bûcher funéraire me traverse. Sous Vénus au zénith, ma prière est poème. De ma tente, je sors le recueil *Vingt poèmes d'amour* de Pablo Neruda. Je croyais les avoir emportés pour les lire à Dialika, mais le fil s'est rompu. Dans le chuintement de l'eau autour des arches du pont ferroviaire, à deux pas de l'eau noire scintillante et obscure, je lis la poésie de Neruda pour mon ami, le Vieux Libraire. Recroquevillé, emmitouflé dans ma polaire, le dos gelé, les bras autour des genoux, je tiens le livre à quelques centimètres d'un dôme de braises clignotant entre blanc, rouge et noir. Je murmure au feu mourant dans le brouillard qui peu à peu envahit tout.

L'amour est si court et l'oubli est si long

Il y a des gestes qui ne s'expliquent pas. Une seconde vous suffit et sitôt accompli, la question vous taraude – n'eût-il pas été mieux de ne pas l'accomplir ?

Le livre brûle.

La pellicule de couverture cloque quelques secondes. Caramélise. Fait presque envie. Puis elle noircit. Bêtement. Selon cette mise en page connue des amateurs de la collection Poésie/Gallimard, la photographie de Neruda, en tout petit format, est répétée plusieurs fois aux deux tiers de la couverture. Deux têtes sur cinq, les deux du côté gauche, résistent encore à l'avancée des flammes. Le dos du livre est plus compact que sa tranche. Mais, peu à peu, la couverture franchie, le bord des pages laisse le feu aller vers les mots à l'abri au centre. Fasciné, je regarde, juste avant qu'il ne meure, l'imprimé s'imprimer sur mes yeux :

Quiero hacer contigo
lo que la primavera hace con los cerezos

Je veux faire avec toi
Ce que le printemps fait avec les cerisiers

Ces vers d'une beauté incomparable disparaissent inexorablement. Pourquoi ce geste ? Je ne bouge pas pour les sauver. Seule ma mémoire les retient de ce petit néant que je m'inflige comme une réponse allégorique à mon chagrin de savoir mon ami bel et bien disparu. Je suis confus d'offrir ainsi aux flammes des strophes au préalable destinées à Dialika et qui brûlent à présent comme un hommage irrésolu aux dernières volontés du vieil homme – disparaître lui-même en compagnie des trois mille titres de sa bibliothèque. Et comme autant d'escarbilles et de brandons qui s'élèvent de la brassée de feuilles que je pose sur cet imprévisible autodafé, rougeoie, scintille, défie quelques secondes l'obscurité environnante, puis s'éteint sans autre forme de procès une kyrielle de questions.

J'ai contrefait ma voix et j'ai appelé la résidence.

— J'aimerais parler à M. Picquier, s'il vous plaît !

Formule classique :

— De la part de qui ?

— Un parent.

— Je suis au regret de vous annoncer que votre parent nous a quittés hier soir. Souhaitez-vous que je vous passe la directrice ?

J'ai raccroché.

À quelle heure êtes-vous mort ? Et pourquoi Dialika me parle-t-elle de coma puisque tout est fini ? Est-ce vous qui lui avez demandé de m'accorder un sursis de vingt-quatre heures ? Pour m'épargner ? Me protéger ? De quoi ? Vous doutiez ? Monsieur Picquier ! La peine est là, la douleur, mon chagrin, ne les redoublez pas d'une suspicion de défaillance. Dans quelques heures, comme convenu, je serai à l'abbaye !

43

Dans la chambre 28, Dialika doit pleurer. Moi, je pleure au milieu des cultures. Au milieu de la vigne. Au milieu de l'Anjou. Monsieur Picquier. L'Anjou, c'est super beau. Un homme dans un café m'interroge :

— Vous allez loin comme ça ?

Sans le regarder, d'une voix blanche je lui réponds :

— À l'abbaye de Fontevraud.

Au ton peu engageant de ma réponse, le pauvre n'insiste pas, il replonge son nez sur le comptoir. Boit son café. J'avale mon chocolat. Je crève de froid. Je n'ai plus le cœur à jouer la petite musique du jeune lecteur qui marche pour un vieillard mourant dans une maison de retraite. Le Vieux Libraire, mon employeur, a disparu. Entre sa chambre et l'abbaye, mon employeur s'est fait la malle. Le Vieux Libraire a rompu son contrat. Mais le contrat, pour moi, demeure. Obstinément, je marche sans pouvoir démêler les raisons véritables pour lesquelles je persiste à le faire. Pour ma parole donnée au Vieux Libraire, à sa pléiade d'indéfectibles – à Jean Genet, à Neruda, à Calvino, à tout Rabelais et tout Céline, à tous les livres qu'il aimait, aux trois mille qu'il gardait près de lui, à celui qu'il m'a fait découvrir à la force des mollets, ce réseau de canaux, de rivières, livre ouvert innervant le trajet de sa chambre au gisant d'Aliénor, ce voyage de mots libérés dans un bief quand il jette le bouquin de Bachelard, à deux ans d'intervalle entre hier quand je nage et mes larmes aujourd'hui qui ne peuvent plus tarir. Pour ces raisons, je marche. J'inspire. J'expire. Jusqu'à la fin de mon contrat.

44

À l'hôtel, c'est nickel, les directives du Vieux Libraire ont été respectées. Comme j'ignorais le jour de mon arrivée, ma chambre a été réservée de manière ouverte sur les quinze derniers jours de novembre. En basse saison, hors vacances et week-end de Toussaint, c'est tranquille. Mon allure de marcheur exténué ne semble pas surprendre le personnel de cet hôtel de luxe hightech, qui, par la force des murs et des pierres de l'ancien prieuré, s'inscrit dans l'esprit pèlerin qui fonda l'abbaye voici presque mille ans. La clientèle est choyée, bichonnée. Je fais le mec habitué bien que très étonné quand on me donne le code d'accès à l'abbatiale et à l'ensemble de l'abbaye, cloître et jardins, accessibles aux clients *happy few* de l'hôtel passé l'heure d'ouverture au public. M. Picquier m'avait prévenu mais j'avais oublié.

Dans un instant, je vais franchir la grille et dans ma tête, le fouillis des dernières vingt-quatre heures disparaît peu à peu. Bien que fébrile d'être aussi près du but, je suis presque serein, la dernière volonté du Vieux Libraire, à présent, est la mienne. Je vais faire la lecture au gisant d'Aliénor.

Code 0802A. *Tit tit tit tit tit.* Déclic du mécanisme

de la porte. Je pousse la grille qui grince sur ses gonds en émettant deux notes basses suivies d'un couinement aigu. Elle se referme derrière moi en un *clonc* pour le moins très sonore à cette heure de la nuit – 3 heures viennent de sonner à l'horloge du cloître. Le silence revient. Délicat, il souligne la présence de bruits plus ténus. Une voiture au lointain. Un hibou, puis un chien. Je ne bouge pas. Je respire le moment. Je m'imprègne des lieux.

Devant moi, la maison du gardien, sa façade de conte de fées, ses fenêtres à meneaux encadrées de vigne vierge, l'œil-de-bœuf éclairé du pignon jetant sur les allées une lumière toute poudrée de brouillard. Mes cheveux sont humides. Les gouttelettes en suspens se déposent au hasard sur les pierres, les gazons, mon visage levé vers les flèches de l'église abbatiale s'élançant dans la nuit pleine d'étoiles au-dessus de la brume. Je me sens minuscule. Je frissonne.

Je relève le col de ma polaire et je me mets en marche. Le tracé lumineux de l'éclairage au sol projette mon ombre de façon grandiloquente sur ce Lego de pierre monumental. *L'homme qui marche* de Giacometti s'étire loin devant moi, rapetisse, se confond à ma taille réelle et grandit à nouveau dans mon dos quand mon corps pénètre dans le faisceau du projecteur suivant me faisant face. Je remonte le mur extérieur de la nef pour atteindre une porte latérale dont le vantail, la nuit, est maintenu ouvert. Encore deux pas. Une volée de marches. Sur le seuil, très longtemps, je demeure interdit.

Le volume de la nef est immense, complètement dépouillé du décor religieux qui a dû autrefois occulter la splendeur des piliers qui soutiennent ses coupoles. L'écho de mes deux derniers pas explore le bateau de tuffeau renversé et, bientôt atténué en volume, me revient augmenté du nombre d'or des bâtiments du Moyen Âge. La légende est tenace. Mon oreillette intime clignote en provenance des Bleuets. M. Picquier est près de moi. Dans ma tête, je chuchote :

« Monsieur Picquier, je suis dans l'abbatiale. Ça y est ! J'aperçois les gisants. »

D'où je suis, je ne vois pas Aliénor. Je m'approche, et dans l'angle sud-ouest du rectangle formé par les quatre sculptures, je découvre le gisant pour lequel j'ai quitté Les Bleuets, pour lequel, sur ordre du vieil homme, j'ai marché jour et nuit. Devant moi, le gisant d'Aliénor. Je suis muet d'émotion.

« Monsieur Picquier ! Qu'est-ce que je fais ? »

Le Vieux Libraire m'a conseillé d'être moi-même comme il me l'avait recommandé avec Mme Morel.

« Parle-lui simplement. Dis-lui pourquoi tu es venu. »

Une petite voix dans ma tête :

« Enfin, monsieur Picquier, c'est impossible, je ne peux pas. Le silence est partout. Dès que je bouge, ça déclenche un raffut ! Mes chaussures sur le sol, le frottement de mes vêtements, le moindre bruit se répercute mille fois plus fort. Là, debout, dans la nef, à deux pas des gisants, vous le voyez, ce silence ? Ce volume d'air humide qui se moule au plus près de mes paroles ? »

Cet étau me fait croire que je suis dans un piège, le jouet d'un voyeur qui me mate sur un poste vidéo. Je jette un œil aux quatre coins de la nef, la pierre est vierge de tout système de surveillance. Ma parano se calme, il faut que je bouge et disant cela, je m'assieds sur les marches, celles qui montent vers le chœur. La pierre est froide. Je glisse mes mains sous mes fesses. Rien n'y fait. Je me les gèle. La cloche du cloître sonne un coup. La demie de 3 heures. Est-ce un signal ? Sans réfléchir, j'ouvre la bouche :

— Putain, ça caille !

Seulement trois mots. Trois petits mots, mais tellement malséants dans ce lieu solennel que j'éclate de rire. Impossible de me retenir. D'un rire nerveux, du rire de celui qui se fait une bonne blague. Au sol, autour, là-haut, partout où niche la vanité de l'édifice, ma voix tape, rebondit, gonfle encore et enfin s'amenuise en une seule syllabe, la dernière, comme un vent de poussière qui se roule sur lui-même en laissant derrière lui le gravier des consonnes – aillaillaille… qu'est-ce que ça caille !

Les chevaux sont lâchés. Ici Grégoire ! Le rouquin parle aux pierres. C'est quoi l'info ? Ah, oui ! M. Picquier est mort. Il était chouette le Vieux Libraire. C'était un pote. Grave allumé, mais un vrai pote.

— Aliénor d'Aquitaine ! Majesté ! Vous m'entendez ! M. Picquier était libraire. M. Picquier vous admirait. Vous le fasciniez. Faut dire qu'avec votre livre comme ça ouvert au ciel, ça impressionne. Tout le monde écrit sur vous sa façon de voir, ses hypothèses. Aliénor peut-être. Aliénor sûrement. M. Picquier ne voyait qu'une chose, vous aimiez la lecture, votre message est limpide. Là où je l'arrête, c'est le genre de livre qu'il voulait que je vous lise. Il ne jurait que par le roman de Jean Genet *Miracle de la rose*. Je ne comprends pas. Moi, je suis plus sur le genre fantasy. *Le Trône de fer* de Martin, je suis certain que ça vous plairait. Le pouvoir, sa conquête, ses horreurs et ses fastes. Je vous avais sélectionné quelques extraits mais l'autre soir au bord du fleuve, en apprenant sa mort, au lieu de pleurer j'ai brûlé tous les livres que j'avais dans mon sac. Le fleuve filait, moi, de mon bâton, je tournais les pages pour qu'elles s'enflamment plus vite. Détruire ainsi des livres ne choquait pas le Vieux Libraire. Mercredi, après-demain, je ne pourrai pas y assister, il va se faire incinérer avec les livres qui lui restaient. Trois mille. Je les ai comptés. Il est comme ça, M. Picquier, il aime les actions fortes. Enfin, il aimait. Aujourd'hui, je reprends le flambeau, regardez mon Smartphone, tout est là. Laissez-moi consulter ma playlist. Deux cents poèmes d'amour au choix, d'auteurs français et étrangers. Je suis ici pour vous les lire. Pas les deux cents, non, n'ayez crainte ! Quoique, M. Picquier m'a certifié que l'éternité était riche d'heures inemployées. Je vais vous lire le *nec* du *nec*. Mais avant cela, Majesté, permettez que je m'approche, car j'aimerais m'agenouiller sur votre côté droit à la hauteur de votre oreille que cache le voile de votre guimpe et qui pourrait vous empêcher d'apprécier au mieux la beauté de ces vers du poète Aragon.

Je vais te dire un grand secret Le temps c'est toi
Le temps est femme Il a
Besoin qu'on le courtise et qu'on s'asseye
À ses pieds le temps comme une robe à défaire...

… ou, ceux-là de Pablo Neruda,

J'ai faim de tes cheveux, de ta voix, de ta bouche,
sans manger je vais par les rues, et je me tais,
sans le soutien du pain, et dès l'aube hors de moi
je cherche dans le jour le bruit d'eau de tes pas…

… enfin, ces mots de Louise Labé, votre cadette et votre sœur,

Baise m'encor, rebaise-moi et baise ;
Donne-m'en un de tes plus savoureux,
Donne-m'en un de tes plus amoureux :
Je t'en rendrai quatre plus chauds que braise…

5 heures sonnent à la cloche. Impassible et souveraine, Aliénor ne bouge pas. Je m'incline au-dessus de son livre. Il est muet.

Monsieur Picquier, votre hypothèse se confirme, les yeux du gisant d'Aliénor sont ouverts dans l'attente du jugement dernier. Cela suggère, me disiez-vous, une foi aveugle en la résurrection de la chair. Je sais que Dialika a refermé les vôtres avec toute la tendresse qu'elle vous portait. Je sais de même que Les Bleuets vont retirer de votre porte son inscription latine – *Pauca meæ*. « Le peu qui vous reste d'elle » devrait cependant vous suffire si je puis l'augmenter de ma vie dans vos mots : « Cela vient de loin, ça ne doit pas s'arrêter. La littérature ne cesse de se reprendre et c'est son aventure qui doit finir par t'embarquer. »

45

— Les Papeteries Perrot, bonjour ! Carole à votre service !

— Bonjour madame. Grégoire Gélin, j'aurais souhaité parler à Pascal Perrot.

— M. Perrot ? Oh là là ! M. Perrot est à la retraite depuis longtemps maintenant. C'était pour quoi ?

— Une connaissance à lui m'a dit de l'appeler… M. Picquier. En fait, je cherche un stage dans la filière pâte à papier.

— Veuillez ne pas quitter, monsieur, je vous passe la responsable du personnel.

Lundi, mon stage commence. Trois mois. Je me suis trouvé une chambre à louer. Sur l'étagère, j'ai rangé ma photo préférée de Dialika rayonnante et superbe le soir de ses trente ans, plusieurs livres, des bouquins sur les arbres et une anthologie de poésie sénégalaise. Je me suis promis de les lire. Juste à côté, l'urne funéraire du Vieux Libraire est en bonne place. Quand elle sera vide, j'aviserai.

Deux semaines après mon arrivée, je déambule comme je veux dans l'usine. Ce qui m'intéresse, c'est l'accès aux cuviers mélangeurs de la pâte au dernier stade de son blanchissement, juste avant de devenir la feuille mère initiale à la chaîne du papier qui commence. Guère difficile de tromper la vigilance des titulaires ni de calculer les angles morts des caméras, les machines sont énormes, impossible que tout soit surveillé. Je sais déjà de quelle passerelle je peux vider sans crainte d'être repéré les trente paquets de cent grammes correspondant aux trois kilos de cendres du Vieux Libraire dans la pâte à papier des Papeteries Perrot, fournisseur des imprimeries du groupe Hachette pour imprimer les livres de poche des deux années qui viennent.

Je sais, monsieur Picquier, vous l'aviez dit pour plaisanter. Regardez comme c'est drôle, la petite traînée de poudre grise sur le blanc étincelant de la pâte. Le contraste ne dure qu'une seconde et déjà, vous filez vers l'histoire à laquelle se destine le papier qui se fabrique sous mes yeux.

Mon directeur de stage est formidable, avec lui, j'en apprends tous les jours. Le *liber*, me dit-il, en latin, signifie tout à la fois la pellicule située entre le bois et l'écorce, mais également le livre. Dois-je encore vous convaincre, monsieur Picquier ? Mes héros, ce sont les arbres.

REMERCIEMENTS

Je remercie chaleureusement Françoise Baudin, Françoise Dessery, Jacques Griffault, Cyril Lallement, Karen Letourneau, Jean-Marie Ozanne, Yves Parigi, Valérie Petit, Lina Pinto, Isabelle Reverdy ; chacune, chacun saura se reconnaître dans sa précieuse contribution ;

Mes amis, lectrices et lecteurs, pour leurs encouragements et la précision de leurs remarques ;

Le petit bois d'Ussy où j'ai cueilli des cèpes en quantité… et le canal de l'Ourcq au bord duquel j'ai tant marché quand l'écriture se dérobait et où chaque fois le fil s'est renoué…

Enfin, les écrivains sans lesquels ce livre ne serait pas.

À toutes et à tous, un grand merci !

DU MÊME AUTEUR :

À PIED ET À VOIX HAUTE : LE TOUR DE FRANCE EN LIVRES D'UN LECTEUR PUBLIC, HB éditions, 2000

SUR LES CHEMINS D'OXOR, Actes Sud, 2005

LA MÉRIDIENNE SAINT-MALO / BAMAKO, Éditions Folies d'encre & Merle moqueur, 2012

PAPIER CERTIFIÉ

Le Livre de Poche s'engage pour l'environnement en réduisant l'empreinte carbone de ses livres. Celle de cet exemplaire est de :
200 g éq. CO_2
Rendez-vous sur www.livredepoche-durable.fr

Composition réalisée par Soft Office

Achevé d'imprimer en juin 2023 en France par
Maury Imprimeur – 45330 Malesherbes
Dépôt légal 1re publication : juillet 2023
N° d'impression : 270820
Librairie Générale Française
21, rue du Montparnasse – 75298 Paris Cedex 06

65/9219/4